EINE BRAUT FÜR DEN ZENTAUREN

TAMSIN LEY

FRANZISKA POPP

Twin Leaf Press

Einen Cowboy zu reiten, hat noch nie so gut geklungen ...

Stadtmädchen Renee möchte einen letzten Blick auf die von Salbeisträuchern bedeckten Hügel werfen, bevor sie die Ranch ihres Großvaters verkauft. Dort begegnet sie einem Cowboy mit stahlharten Bauchmuskeln und einem großen Herz für Pferde. Schnell fällt sie den Entschluss, ihren Besuch zu einem längeren Urlaub auszuweiten.

Ein sexy Cowboy mit einem Geheimnis ...

Pferdewandler Black Stevens ist schon immer ein Außenseiter gewesen. In den Augen der Herde hat er einen Defekt, unfähig, sich in seine Pferdeform zu verwandeln. Die Menschen sehen in ihm ein mythologisches Monster – einen Zentauren. Und so macht ihm die Leitstute ein Angebot, das er nicht ausschlagen kann. Schafft er es, die hinreißende Erbin davon zu überzeugen, ihm das Jawort zu geben?

Eine Notiz an den Leser: Heiße Liebesszenen, ein entschlossener Cowboy und ein Geheimnis, das nicht für Menschenohren gedacht ist. Nur für Leser geeignet, die das 18. Lebensjahr vollendet haben.

Lektorat: Christian Popp

ISBN: 978-1-950027-51-4

Black Stevens schob mit der Rückhand seinen Cowboyhut aus der Stirn und trat zur Seite, sodass das neugeborene Fohlen Platz zum Stehen hatte. Gedämpftes Licht von den Glühlampen an den Balken kämpfte mit aller Kraft gegen die Nacht an. Trotz der Bedenken der Herde, dass Millie zu alt für eine weitere Schwangerschaft sein könnte, verlief die Geburt wie geschmiert.

Neben ihm entließ Millies älteste Tochter Su einen erleichterten Seufzer. „Es geht ihr gut?"

Er fand ihren Blick und antwortete: „Ja, alles okay."

Rasch senkte Su den Kopf. In ihrer menschlichen Gestalt war sie noch scheuer als in ihrer Pferdeform, mit nichtssagendem schwarzen Haar und fahler

Haut, so fahl wie ihr Fell. Sie war eine der wenigen, die in der Herde Black untergeordnet war.

Millie, ihr Fell kastanienbraun, stupste mit ihrer grauhaarigen Nase das Fohlen an und motivierte es, aufzustehen.

„Wie werdet ihr sie nennen?", fragte Black.

Millie schnaubte und rollte mit den Augen, unfähig in ihrer Tiergestalt zu antworten. Indessen streckte Su die Hand nach dem Stutenfohlen aus und teilte ihren Geruch. „Wahrscheinlich werden wir Lori die Entscheidung überlassen."

Nun war Black an der Reihe, zu schnaufen und die Augen zu rollen. Er hakte die Daumen in seine Jeanstaschen, anstatt die Hände zu Fäusten zu ballen. Seit dem Tod seiner Großmutter hatte Lori als Leitstute die Herde übernommen und hatte sofort den Ausnahmezustand erklärt.

„Was soll ich entscheiden?" Loris heißblütige Stimme füllte die Scheune. Black blickte um die Ecke des Stalls und sah, wie sich die blonde Leitstute näherte, eingedeckt in etwas, das sie als ihre funkelnde Menschenaufmachung bezeichnete: Unter ihrer roten Bluse lugte ein schwarzer Spitzen-BH heraus. Ihre Beine steckten in einer engen Jeans mit silbernen Nieten an den Taschen, passend zu ihrer riesigen Montana-Gürtelschnalle. Ihre auf Hochglanz polierten New-Helens-Cowboyschuhe brachten sie fast auf die Höhe von Blacks einem Meter fünfundneunzig.

„Hey, Soldat." Sie spazierte an ihm vorbei, ihr Blick hielt seinen gefangen, bis er wie ein gutes Herdenmitglied die Augen auf den Boden senkte. Eine lebenslange Konditionierung, die Respekt verlangte, stand im Kampf mit seinem Bedürfnis, sich gegen die Autorität der neuen Leitstute aufzulehnen. Hengste beschützten die Herde, während die Stuten die Führung übernahmen, und ihr Wort war Gesetz, sobald sie gewählt wurden. Nur die stärksten Mitglieder der Herde wagten es, die Leitstute herauszufordern. Seine Großmutter hatte während ihrer Führung Respekt verlangt, aber sie wusste ihn auch zurückzugeben. Lori war ein Tyrann.

Im Gebärstall nahm Lori ihre Position ein und stemmte die Hände in die Hüften. „Na ja, sie ist keine Schönheit, oder? Wir sollten sie Jane nennen."

Su ließ den Kopf gesenkt und nickte. Auch Millie blieb unterwürfig, drehte ihren Pferdekopf zur Seite.

Blacks Nasenlöcher blähten sich auf, doch er gab sein Bestes, entspannt zu wirken. „Ich dachte an den Namen Ivy. Sie hat diese hübschen Streifen an den hinteren Läufen."

Abweisend klickte die Leitstute mit ihren manikürten Fingernägeln. „Ivy ist für Stuten, die beim Aussehen großzügiger beschenkt worden sind. Wir bleiben bei Jane. Kommt, Ladys, raus aus dem Stall." Sie öffnete ihren Gürtel, nahm ihn ab und hing ihn neben dem Eingang an einen Haken, als würde sie ihr Revier markieren wollen. Als Nächstes zog sie sich ihre Stiefel aus und warf sie Black zu. „Leg sie in meinen Spind."

Innerhalb weniger Sekunden hatten sich Lori und Su ihrer Kleidung entledigt, präsentierten sich nackt vor ihm. Loris straffe Brüste und ihre perfekt getrimmte Schambehaarung standen in einem starken Kontrast zu Sus natürlich hängenden Brüsten und ihrer kurvigen Figur. Lori trat in die Nacht. Besorgt blickte Su zu Millie, bevor sie ihrer Leitstute folgte. Nach Loris Verwandlung ließ das Licht, das von der Scheune nach draußen strahlte, Loris Palominofärbung Gold leuchten.

Millie wies ihr Fohlen mit einem Stupsen an, zum Ausgang zu gehen.

„Du musst nicht gehen. Erlaube Ivy-Jane etwas Zeit, um auf die Beine zu kommen und zum ersten Mal zu saugen." Black weigerte sich, Loris Namen für das Kleine zu benutzen. „Sie sollte deine menschliche Gestalt kennenlernen." Black legte eine Hand auf Millies knochigen Widerrist, nervös, einer erfahrenen Mutter Ratschläge zu geben. Seine Ausbildung als Tierarzt erlaubte es ihm jedoch nicht, Stillschweigen zu bewahren. Schließlich gab es Pumas in der Wildnis. Zudem waren die ersten Stunden im Leben eines Fohlens wichtig, um mit der Mutter einen Bund einzugehen. Vor allem bei Gestaltwandlern, da sie an sich zwei Mütter hatten. Am Anfang wäre das Fohlen nicht fähig, sich zu verwandeln, dennoch musste es in der Lage sein, sowohl mit Pferden als auch mit Menschen zu kommunizieren.

Die vernarbte Flanke des Tieres zuckte bei seiner Berührung. Sie drehte ihren Pferdekopf und stieß mit der Wange sanft gegen ihn, und so ließ sie ihn wissen, dass sie seine Besorgnis schätzte, er sich aber aus ihren Angelegenheiten heraushalten sollte.

Er seufzte und trat zurück, lauschte, als Hufe über den Boden und in die Nacht jagten. Nachdem er Loris Kleidung eingeschlossen hatte, stellte er sicher, dass er allein war, bevor auch er sich auszog. Als Zentaur würde er niemals zur Herde gehören. Sein Geheimnis war noch schwerer zu bewahren als von anderen Gestaltwandlern, aber heute musste er ein Fohlen beschützen.

Tief holte er Luft. Dann wandte er sich dem Ausgang zu und gab dem Bedürfnis nach, sich zu verwandeln.

2

Renee lenkte den gemieteten Ford Escape auf der Feldstraße den Hügel zum Eingang der Ranch hoch. Die Klimaanlage lief in der Hitze Montanas auf Hochtouren. Ihre beste Freundin Steph saß auf dem Beifahrersitz, scrollte durch ihr Handy, bereits jetzt von den mit Salbeisträuchern bedeckten Hügeln und den Felsformationen gelangweilt. Jahrzehnte alte Erinnerungen brachen über Renee ein: Mom und Großvater und auch Dad, die sie beobachteten, als sie ihr schwarzweißes Pony Cookie ritt. Stürmische Nächte, in denen ihr Großvater sie aus dem Bett holte, um gemeinsam die Blitze am Himmel zu betrachten. Mom, die ihr neugeborene Kätzchen in der Scheune zeigte.

Glückliche Momente, die ein schlechtes Gewissen lostraten, umso näher sie der Ranch kam.

Ihr Großvater war verstorben, und sie war vor seinem Tod nicht hergekommen, um ihn ein letztes Mal zu besuchen. Seit zwei Jahren war er nun tot und sie hatte keine Ahnung gehabt. Die Nachricht erhalten hatte sie, als der Privatdetektiv, der angeheuert worden war, sie ausfindig zu machen, ihr das Testament vorgelegt hatte. Nun gehörte die Ranch ihr, jedenfalls für eine Weile. Dies würde ihren letzten Besuch darstellen. Es war besser, sich der Ranch und den Erinnerungen zu entledigen, dachte sie. Mit Stephs Rockstar-Lifestyle mitzuhalten war kostspielig und ein Immobilienhändler hatte ihr ein nettes Sümmchen für das Grundstück angeboten. Was wusste Renee schließlich über die Leitung einer Ranch?

Die letzte Nachricht ihres Großvaters lief beim Fahren in Dauerschleife durch ihren Verstand:

Einen Schatz bewahrt die Farm.

Tolimans Geheimnisse enthüllen ihren Charme.

Bewahre es mit deinem Leben, liebe es aus vollem Herzen.

Sobald du ihr Vertrauen gewinnst, wird die Angst nicht länger schmerzen.

Ihr Vater hätte gesagt, dass dies typisch für den alten Mann war, ein Gedicht ins Testament zu packen. Andererseits war er nicht zur Testamentsvorlesung eingeladen gewesen. Eine bekannte Verbitterung kroch Renees Rachen hinauf. Nach Moms Tod hatte ihr Vater die heidnischen Wege ihres Großvaters gemieden. Irgendetwas mit Schamanenzeremonien und paarhufigen Teufeln, die für den Krebs ihrer Mutter verantwortlich waren, hatte er immer vor sich hingemurmelt. Nachdem Renee achtzehn geworden und auf den Treuhandfonds ihrer Mutter zugreifen konnte, war sie gerannt. Ihr einziges Ziel war es gewesen, den hysterischen Anschuldigungen ihres Vaters zu entkommen.

Steph lag in der Annahme, dass das Gedicht bedeutete, sie würden auf dem Land ein Vermögen vergraben finden. Aus diesem Grund hatte sie darauf bestanden, dass sie sich gemeinsam die Ranch ansahen, bevor Renee sie verkaufte. Sie war es auch gewesen, die sich die Freiheit herausgenommen hatte, die Flugtickets aus La Guardia für Renee und sich selbst zu buchen. Anschließend hatte sie auf Instagram über Schatzsuche in ihren Storys gesprochen und ein Foto von sich mit einer Schaufel gepostet, die Teil ihrer letzten Eskapade gewesen war. Die Bildüberschrift las sich wie folgt: „Sieht es so aus, als wüsste ich, wie man mit einer Schaufel umgeht? Anstatt mich schmutzig zu machen, sollte ich dort ein Musikvideo drehen."

Mit einem Blick in den Rückspiegel sah sie ein Auto, in dem mit Sicherheit ein Journalist saß, und Renee fragte sich bereits, mit was er seine nach Skandalen lechzenden Leser dieses Mal füttern wollte. Manchmal fühlte sie sich wie ein fiktiver Protagonist, der Steph auf Schritt und Tritt folgte. Aber in dem Schatten eines Rockstars zu leben, bot zumindest eine Richtung in ihrem ansonsten so unbefriedigenden Dasein.

Unter einem knorrigen Baum in der Ferne hob eine Herde aus graubraunen Tieren die Köpfe, als sich der SUV näherte. Renee stieß Steph an. „Schau, Elche." Jedenfalls dachte sie, dass es sich um Elche handelte. Oder waren es Rehe?

Steph hob den Kopf von ihrem Handy und senkte ihn sofort wieder. „Cool. Sind wir gleich da?"

„Bald. Denke ich jedenfalls." Bei jedem Zaunpfosten, den sie in dem hügeligen Gelände passierte, wurde

Renee nervöser. Sie konnte es sich nicht erklären. Es fühlte sich an, als wartete am Horizont etwas, das ihr Leben für immer verändern würde. Eine Entscheidung, auf die sie nicht vorbereitet war, obwohl ihr Entschluss feststand, das Grundstück zu verkaufen.

Der Bogen des Tors zeigte sich, die einzelnen Buchstaben, die den Namen *Toliman Ranch* bildeten, waren aus Schmiedeeisen an einem Holzbalken befestigt worden. Sie parkte das Auto und öffnete die Tür. Trockene Luft flutete das klimatisierte Fahrzeug, zusammen mit dem Geruch nach Pferden und sonnengebadeten Salbeisträuchern. Tief atmete sie ein, ein wertschätzender Atemzug. Dabei entdeckte sie einen Mann, der sich hinter ihnen mit einer Kamera aus dem Fenster seines Autos lehnte und Fotos mit einem Teleobjektiv schoss. Renee öffnete hastig das Tor und sprang wieder ins kühle Auto.

„Wie rustikal", sagte Steph bei einem Blick auf das Tor. „Ich nehme an, dass wir das jedes Mal machen müssen, wenn wir kommen oder gehen?"

Renee zuckte mit den Achseln. „Das ist okay. Auf die Weise konnte dein Paparazzo mit mir flirten."

Als würde sie ihr Revier abstecken wollen, lehnte sie sich aus dem Fenster und streckte dem Kameramann ihre üppige Oberweite vor die Linse. Indessen fuhr Renee durch das Tor und sprang erneut aus dem Auto, um es zu schließen. Sie hatte nichts dagegen, dass sich Steph zu jeder Zeit die Aufmerksamkeit aller sicher sein wollte. Renee, das wusste sie, war ein Niemand.

Sie fuhr fünfzig Meter um einen Hügel, durch den ihr der Blick aufs Haupthaus für eine Weile länger verborgen blieb. Als sie vor der breiten Veranda vorfuhren, erhob sich eine Wolke aus Dreck, einzelne Partikel funkelten im Sonnenlicht. Wie in Erwartung, dass ihr Großvater zur Begrüßung aus dem Haus treten würde, schaltete sie den Motor ab.

Steph riss die Tür auf und sah zu Renee, ein angewiderter Ausdruck auf dem Gesicht. „Wie eklig! Was ist das für ein Gestank?"

„Pferde", erwiderte Renee. Sofort fühlte sie sich in ihre Kindheit zurückversetzt, in der sie den Geruch zunächst gleichermaßen als abstoßend empfunden hatte. Heute regte sich bei dem Geruch etwas in ihr, wie bei einer Knospe, die das Frühjahr herbeisehnte. Sie drückte das Gefühl nieder und rief sich in Erinnerung, dass sie nur hier war, um das

Grundstück zu verkaufen. Sie stieg aus dem Fahrzeug, ließ den Blick über das luxuriöse Blockhaus mit den hohen Fenstern schweifen. Ein alter rostiger Reifen eines Planwagens lehnte seitlich am Haus. Die Eingangstür bestach durch schmiedeeiserne Elemente, dazu ein antiquierter Türklopfer in der Form eines Hufeisens. Zu beiden Seiten der Verandatreppe standen Blumenkästen, in denen nur trockenes braunes Gras zu finden war.

Hinter ihr glitt die Scheunentür mit einem metallischen Geräusch auf, sodass sie sich automatisch in die Richtung drehte. Eine hochgewachsene blonde Frau trat heraus, ihre spitz zulaufenden Cowboystiefel ungewöhnlich sauber für eine Farmmitarbeiterin. Die Frau hob das Kinn, als würde sie Renees Duft beim Näherkommen in sich aufnehmen. „Wer von euch beiden ist Renee?"

Renee streckte der riesigen Frau – riesig im Vergleich zu Renees einem Meter dreiundfünfzig – die Hand entgegen. „Das bin ich."

Die Frau umfasste Renees Hand in einem schmerzenden Griff. „Ich heiße Lori. Ich kümmere mich seit dem Tod deines Großvaters um die Farm. Mein herzliches Beileid zu deinem Verlust."

Steph kam nach vorn und streckte die Hand aus. „Freut mich, dich kennenzulernen, Lori."

Lori begrüßte sie mit hochgezogenen Augenbrauen. „Und du bist?"

Irritiert blickte Steph drein. „Oh, tut mir leid. Ich bin es so gewohnt, dass ich erkannt werde. Steph Bilmore mein Name." Kokett neigte sie den Kopf. „Du hast vielleicht ein paar meiner Musikvideos gesehen?"

„Ah, das erklärt auch den Mann am Tor mit seiner Kamera. Hoffentlich weiß er, dass Menschen in Montana Waffen tragen." Die Frau wandte sich erneut Renee zu. „Wie lange willst du bleiben?"

„Ähm." Instinktiv sah Renee zu Steph, um sich ihre Zustimmung abzuholen. „Ein paar Tage denke ich? Morgen kommt der Immobilienmakler."

„Wir gehen auf Schatzsuche!", fügte Steph hinzu. „Außerdem will ich einen Cowboy, ähm … ein Pferd reiten." Nach dieser Ankündigung hob sie ihr Handy, um ein Selfie mit dem Planwagenrad zu machen.

Loris Nasenflügel blähten sich auf. „Ein Immobilienmakler? Ich verstehe. Na gut. Den Haushälter findest du drinnen. Er wird euch zu euren Zimmern führen. Mich findest du in der Scheune." Sie drehte sich auf dem Absatz um und marschierte davon.

Steph schnaubte unbeeindruckt. „Die Amazone benimmt sich, als gehöre ihr die Farm. Wie es scheint, müssen wir uns selbst um unser Gepäck kümmern?"

Die Montana-Luft verlieh ihr ungeahntes Selbstbewusstsein und so sagte sie: „Die Bemerkung mit dem Cowboy war ein wenig gewagt. Wir kennen sie doch gar nicht."

„Das Grundstück gehört dir. Du kannst hier tun und lassen, was du willst. Sie sollte sich nicht so wichtig nehmen."

Mit ihrem verblassten Selbstbewusstsein nickte Renee und lief zu dem Zaun in der Nähe der Scheune, um Steph die Zeit zu geben, die sie für ihre beeindruckende Sammlung an Koffern benötigte. Sie legte die Arme auf den Holzzaun, lehnte sich dagegen und ließ den Blick über die Weide schweifen. Hinter dem saftigen Grün fielen ihr Bereiche mit gelben Büschen und silbergrünen Salbeisträuchern ins Auge. Innerhalb der Abzäunung kniete ein Mann neben einer

Sprinklerbox. Er trug kein Oberteil. Sie bewunderte seine breiten Schultern und die sonnengebräunte Haut, als er immer wieder ein anderes Werkzeug hervorzog. Ein Fohlen mit Zebrastreifen an den Hinterläufen sprang Kreise um ihn. Nicht weit von den beiden graste unbekümmert die Mutter.

Während der Mann arbeitete, streckte er einen Arm hinter sich und wackelte mit seinen Fingern, bis das Jungtier mit dem Nasenrücken dagegenstieß und dann zufrieden mit sich selbst davonrannte. In Renees Bauch regten sich bei dem bezaubernden Anblick die Schmetterlinge. Das kehlige Lachen des Mannes drang an ihre Ohren. Schließlich stand er auf und klopfte sich den Dreck von seiner Jeans. Dann drehte er sich zu dem lebhaften Fohlen, beugte die Knie und glitt wie ein Footballer von links nach rechts und zurück, forderte das Jungtier heraus, das sofort reagierte, indem es mit den Hinterbeinen ausschlug. Mit schwindender Tapferkeit rannte es zu seiner Mutter.

Der schwarze Schweif des Muttertieres pendelte und es graste unbehelligt weiter.

Nachdem er seine Werkzeugkiste in die Hand genommen hatte, sah er in Renees Richtung. Der Blickkontakt versetzte ihre Schmetterlinge in helle

Aufregung. Er richtete seinen Cowboyhut, erlaubte der Sonne den Zugang zu seinem Gesicht, so markant, der Kiefer mit Stoppeln bedeckt. Sie wagte es, ihm mit einem zaghaften Winken zu grüßen, und ihr Körper erschauerte, als der Mann den Gruß mit einem muskulösen Arm erwiderte. *Gott, er ist so heiß.* Mit einem Blick über ihre Schulter erkannte sie, dass Steph ihn noch nicht entdeckt hatte. Es kam selten vor, dass Renee ihr mal zuvorkam, oftmals aufgrund ihrer eigenen zögerlichen Art. Tja, heute nicht. Hier befanden sie sich auf ihrer Ranch und das würde sie so lange ausnutzen wie möglich. Ihre Kühnheit ließ ihr das Herz bis zum Hals schlagen, als sie rief: „Der gehört mir!"

„Was? Wer?" Steph ließ ihr Gepäck stehen und marschierte über den Kiesweg zu Renee. „Oh, das ist nicht fair! Wehe, es gibt hier sonst keine leckeren Cowboys!"

Renee grinste. Wow, das fühlte sich gut an. Zumeist war es Steph, die sich ihre Männer auswählte, während Renee zur Unterstützung mitkam. Was im Umkehrschluss bedeutete, den ganzen Abend den Kumpel des Auserwählten an der Backe zu haben. Dieses Mal würde es anders laufen.

Sie legte ihr Kinn auf ihre Unterarme und beobachtete, wie der Cowboy zur Scheune lief. Die Jeans betonte seine schlanke Hüfte und die athletischen Oberschenkel, die Muskeln in seinem Oberkörper tanzten bei jedem Schritt. Er sah nicht in ihre Richtung und doch konnte sie spüren, wie seine Aufmerksamkeit die Flamme in ihrer Mitte schürte.

Mit roten Wangen wandte sie den Blick ab.

Steph ging wieder zu ihren Koffern. „Wenn du ihn nicht bis morgen für dich klarmachst, werde ich mein Glück versuchen."

Erneut musste ihr Selbstbewusstsein einen Schlag einstecken. „Hey! Ich habe ihn für mich reserviert!"

„Das gilt nur für den ersten Versuch, nicht für die Ewigkeit. Versaue es also nicht. Gönn dir mal was." Nach einem anzüglichen Grinsen in Renees Richtung kämpfte sie mit ihrem Rollkoffer auf dem Kiesuntergrund.

Renee tat es ihr gleich, zog ihren Koffer, den Steph von ihrem Haufen getrennt hatte, aus dem Auto und folgte ihr zum Haus.

3

Blacks Ohren klingelten noch von der Unterhaltung zwischen den beiden Frauen, als er die Scheune betrat. Sie konnten nicht ahnen, dass er sie auch aus dieser Entfernung hatte hören können. Ein Mensch war dazu nicht fähig. Die winzige Brünette mit dem Feengesicht sah verdammt sexy aus, als sie über den Zaun zu ihm geschaut hatte. Und sie roch fantastisch. Der Wind hatte ihren Duft nach Kirschblüten zu ihm getragen. Auch ihre Freundin sah nicht schlecht aus, aber ihr Geruch war gefährlicher, erinnerte an ein Raubtier.

Außerhalb von Ivy-Janes Reichweite stellte er seinen Werkzeugkasten ab. Da er nun allein war, konnte er seinen Schritt richten. Wie lange war es her, seit er mit einer Frau Sex hatte? Ausgehend von seinem harten Schwanz … zu lange. Für einen Zentauren gab es auf einer abgelegenen Farm nicht viele Möglichkeiten. In den Augen der Herde war er ein missgestaltetes Monster, nicht in der Lage, die vollständige Verwandlung in ein Pferd zu vollziehen. Und unter Menschen galt er als ein mythologisches Biest. Für Zentauren gab es in dieser Welt keinen Platz.

Er ging in den hinteren Teil der Scheune, wo sie Ersatzteile für das unzuverlässige Bewässerungssystem aufbewahrten. Installiert wurde es vor über einhundert Jahren. Der Wasserausfluss war mit Rost verstopft und er betete, dass er noch einen Dichtungsring hatte.

Sollte er die Brünette ansprechen oder ihr erlauben, auf ihn zuzukommen? Junge Hengste aus der Herde lachten sich gelegentlich in der Kneipe eine Menschenfrau an. Allerdings hatte Lori dieses Verhalten untersagt, nachdem sie die Führung übernommen hatte. Wer die Ranch also verließ, unterstand strengen Regeln. Dazu gehörte eben, dass belanglose Schäferstündchen mit Menschen verboten waren.

Der Gedanke an die Fee, die sich mit ihren kleinen Brüsten an den Zaun gelehnt und ihn beobachtet hatte, wollte einfach nicht aus seinem Verstand verschwinden. Oh, wie sehr er es genießen würde, belanglosen Tätigkeiten mit ihr nachzugehen. Er wollte sich mit dem Gesicht an ihren warmen Hals schmiegen, wollte an ihrem Ohrläppchen knabbern, während sie die Beine um ihn schlang. Gut, dass er gerade allein war.

In einem Plastikeimer, der mit verschiedenen Dingen gefüllt war, suchte er nach einem Dichtungsring. Um die richtige Größe zu erwischen, verglich er mögliche Optionen mit der ursprünglichen Version, die er bereits entfernt hatte. Lori wollte, dass die Ranch – die gesamte Hochfläche eigentlich – als eine Oase für Gestaltwandler diente. Keine Menschen, obwohl der alte Toliman von der Herde gewusst hatte, ihnen sogar bei medizinischen Notfällen assistiert und mit Nahrung ausgeholfen hatte, wenn es im Winter knapp wurde. Durch seinen Tod bewegte sich die Herde auf unsicherem Boden.

Schritte näherten sich und er blickte über seine Schulter. Die Leitstute lehnte gegen den Türrahmen, ein Knöchel über dem anderen. „Ich habe einen Auftrag für dich, Soldat.“

Er wandte sich wieder seiner Suche zu. Zumindest beruhigte sich sein Schwanz bei ihrer Anwesenheit. Er hasste den Spitznamen, den sie für ihn hatte. Als würde er nur dafür leben, ihre Befehle zu befolgen. Als würde er es nicht verdienen, unter dem Schutz der Herde zu stehen. „Ich bin beschäftigt."

„Du hast unsere Gäste gesehen?"

Unverbindlich zuckte er mit den Achseln.

„Der Zwerg ist Tolimans Erbin. Ich will, dass du sie heiratest. Je früher, desto besser."

Genervt warf er die verschiedenen Teile wieder in den Eimer, stellte ihn in das Regal und wandte sich ihr zu. „Sie heiraten? Meintest du nicht, dass du mit Menschen nichts zu tun haben willst?"

Lori senkte den Kopf, ihre braunen Augen leuchteten mit Autorität auf. Bei ihrer Befehlsgewalt fragte er sich manchmal, ob ihr Erzeuger statt eines Hengstes eine Wildkatze war. Sie sprach in einem einnehmenden Tenor, der kein Gegenwort zuließ. „Sie hat einen Immobilienmakler eingeladen. Einer von uns muss sie heiraten und am Grundstück Besitzanspruch anmelden. Verhindere, dass sie es verkauft oder daraus eine Touristenfalle macht."

„Warum ich?" Er verließ den Lagerraum und da sie keinen Millimeter zur Seite rückte, kam er ihr bei der Tür unangenehm nah.

„Du bist am meisten von uns hier. Und schließlich kannst du die Blutlinie nicht noch mehr versauen, wenn du mit einem Menschen vögelst." Sie folgte ihm, ihre Stimme nah an seinem Ohr. Die Härchen in seinem Nacken stellten sich auf, als befürchtete er, sie würde gleich an seiner Flanke knabbern. Er hasste es, wenn sie in Menschengestalt ihren Einfluss als Leitstute in Gebrauch nahm. „Du bist wahrscheinlich schon ganz hart, wenn du daran denkst, sie zu besteigen. Tu es. Ich werde den anderen Hengsten befehlen, sich fernzuhalten. Nehme dich aber vor ihrer Freundin in Acht. Sie könnte zum Problem werden."

„Einmal mit ihr Sex haben, ist eine Sache. Du sprichst von einer Verbindung fürs Leben."

Dachte sie wirklich, dass Tolimans Enkelin einfach einen Farmarbeiter heiraten würde, den sie zuvor noch nie gesehen hatte, und dann ihren Besitz an ihn überschreiben würde? Er beugte sich vor und hob seine Werkzeugkiste auf. „Toliman hat unser Geheimnis jahrzehntelang bewahrt. Warum erzählen wir es seiner Enkelin nicht einfach?"

Lori rückte ihm auf die Pelle, so nah, dass ihre Schuhe gegen seine stießen. „Nein, kein Wort wirst du vor ihr darüber verlieren. Unser Geheimnis ist mit dem alten Mann gestorben und ich rate dir, dass es auch so bleibt."

Ein direkter Befehl? Wie sollte er Vertrauen mit einer Menschenfrau aufbauen, um sie zu heiraten, ohne sein Geheimnis vor ihr zu offenbaren? Er senkte den Blick, das Gesicht bei ihrer Nähe zu einer Grimasse verzogen. Schließlich trat er einen Schritt zurück. „Du erwartest, dass ich mich einfach auf ein Knie herunterlasse und ihr einen Antrag mache? Ich denke doch, dass sie mehr Grips hat als das."

„Ich habe dich in der Kneipe in Aktion gesehen, Soldat. Ich weiß, dass du sie ins Schwärmen bringen wirst. Überzeuge sie davon, deine Braut zu werden, und ich werde im Gegenzug dafür sorgen, dass du deinen Platz in der Herde bekommst. Dass du ein Teil von uns wirst und mit uns reiten darfst."

Der Gedanke reizte ihn wie eine Liebhaberin, die seinen Hoden packte. Seit seiner ersten Verwandlung mit siebzehn träumte er davon, mit der Herde über die Felder zu galoppieren. Im Gegensatz zu den Pferdewandlern hatte seine Mutter ihn in menschlicher Gestalt geboren. Ein menschliches Baby. Seine gesamte Kindheit hatte er auf seine Verwandlung gewartet, um sich endlich der Herde seiner Großmutter anzuschließen. Die Zeit verging ohne ein Anzeichen auf die Fähigkeit und jeder ging davon aus, dass es niemals geschehen würde. So verzweifelt hatte er sich gewünscht, dass es dann doch passierte, und als der Moment gekommen war … Na ja, er wäre bei dem Versuch, eine vollständige, eine *wahre* Verwandlung zu vollführen, fast gestorben.

Er hatte es nicht geschafft.

Die Herde hatte ihn nicht direkt ausgestoßen – das hatten sie nicht gewagt, solange seine Großmutter die Leitstute war. Jedoch hatte sich die Meinung schnell geändert. Nachdem er als Kind immer ohne Sattel auf den Pferden hatte reiten dürfen, wurde ihm nach seiner misslungenen Verwandlung nur noch Verachtung und Ablehnung entgegengebracht. Um endlich akzeptiert zu werden, hatte er Tiermedizin studiert. Aber nicht mal das hatte etwas geändert. Tierarzt zu sein, war typisch für Menschen.

Er leckte sich über die Lippen und hob den Blick misstrauisch zu Lori. „Wie willst du die Herde davon überzeugen, mich zu akzeptieren, wenn ich nicht mit ihnen rennen kann?“

Von oben herab blickte sie auf ihn. „Was ich sage, gilt. Das weißt du. Sobald uns die Ranch gehört, kannst du dich endlich frei bewegen. Und wenn du es nicht tun willst, werde ich einen anderen finden, der damit kein Problem hat.“

Sein Herz setzte einen Schlag aus. Er hatte sich noch nie als Ehemann gesehen. Um jedoch einer Herde anzugehören, würde er so ziemlich alles tun. Zumal Tolimans Enkelin eine wahre Augenweide war. „Wenn ich es schaffe und sie zu meiner kleinen Farmfrau mache, wie willst du dann unser Geheimnis vor ihr bewahren?“

Lori ging in den Hauptteil der Scheune, ihr Grinsen unheimlich. „Glaube mir, sie wird nicht lange bleiben.“

Black wurde übel, als er die Szenarien durchspielte, die Lori mit der vagen Bemerkung meinen könnte.

Renee starrte auf das große Scheunentor und schluckte lautstark. Steph befand sich im Haus, am Telefon mit ihrem Agenten. An einem Festnetztelefon. Auf der Ranch schien es kein Handynetz zu geben. Dadurch hatte Renee jedoch die Chance, den Cowboy ausfindig zu machen, ohne sich den wertenden Blicken von Steph auszusetzen. Auch blieben ihr danach Stephs dumme Sprüche erspart, denn wirklich meisterhaft war Renee im Flirten nicht.

Warum ist es hier so verdammt heiß? Sie hob die Arme und hoffte auf eine kühle Brise für ihre Achseln. Trotz des wiederholten Auftragens eines Deos hatten sich Schweißflecken gebildet.

Tief atmete sie ein, und dann betrat sie hoffnungsvoll die Scheune. Sie betrachtete die einzelnen Ställe und versuchte, sich mit dem Grundriss vertraut zu machen, den sie aus ihrer Kindheit noch kennen sollte. Die Ställe zu ihrer Rechten waren mit Metallgittern als Türen simpel gestaltet, während die gegenüberliegende Seite nur aus Holz bestand. In der leeren Scheune hallte es, der süßliche Geruch von warmem Heu lag in der Luft, Staubpartikel tanzten in den wenigen Lichtstrahlen, die es ins Innere schafften. Eine minimal gehaltene Treppe führte auf den Dachboden. Indessen formten mehrere Heuballen auf der anderen Seite des Gebäudes weitaus solidere Stufen.

Was, wenn er nicht hier war? Oder noch schlimmer: Was, wenn er bereits etwas mit dieser Lori am Laufen hatte? Sie klammerte sich an das letzte bisschen Selbstvertrauen in ihr und trat tiefer ins kühle Innere. „Hallo?"

Der Mann mit dem Cowboyhut erschien hinter der Heuballentreppe. Mittlerweile trug er ein graues T-Shirt. Eine Schande. Zumindest legte es sich wie eine zweite Haut um seine Oberarme. Ein spitzzulaufender Schweißfleck hatte sich an seinem

Ausschnitt gebildet und reichte bis zu seinen Brustmuskeln.

Er kam auf sie zu, seine Cowboystiefel glitten über den heubedeckten Boden. Jeder seiner Schritte schickte eine Lustwelle direkt zu ihrem Geschlecht. Sein Kiefer war markant, bedeckt mit den Stoppeln des Tages. Seine aschblonden Haare lockten sich um seine Ohren. Seine Nase war gerade, saß über sinnlichen Lippen. Unter seinem mahagonifarbenen Blick zuckte ihre Pussy, fühlte sich heiß und feucht an.

„Du musst die neue Besitzerin sein." Seine Stimme war so tief und sexy, wie sie es sich vorgestellt hatte.

Wenn sie gegen Steph ankommen wollte, musste sie ihre Masche probieren. *Sag etwas Verführerisches.* Dummerweise konnte sie nur daran denken, was Steph über das Reiten eines Cowboys gesagt hatte. Sehr unangebracht. Sie entschied sich für ein Lächeln und streckte ihm ihre Hand entgegen. „Howdy, Kumpel."

Howdy, Kumpel? Echt jetzt? Das war das Beste, was sie zu bieten hatte? Sie schüttelte den Kopf und betete, dass ihm ihre roten Wangen in dem gedämpften Licht entgingen. Er umfasste ihre Hand zu einem

Gruß. Seine große, schwielige Hand packte fest die ihre. Auf eine Weise, die alles andere als unangenehm war. Ganz im Gegenteil, denn der Kontakt schickte einen Schauer durch ihren Körper, während sie sich bereits fragte, was seine Berührung an tiefer gelegenen Stellen bei ihr auslösen würde.

Sie räusperte sich und wagte einen erneuten Versuch: „Ich heiße Renee. Und du?"

Sein Mundwinkel zuckte amüsiert. Wirklich in den Bann gezogen wurde sie jedoch durch seine warmen, braunen Augen. „Black."

„Black? Das ist dein Vorname?"

„Genau." Sein Blick fiel auf ihre noch immer verbundenen Hände.

Sie dachte über eine witzige Bemerkung nach, die Steph sicher parat hätte. „Lass mich raten: Black Beauty?" *Oh Gott, was soll das? Ein Kinderbuch? Komm schon, Renee!* „Nein, zu mädchenhaft. Black Jack? Nein, das ist ein Pirat." *Vom Regen in die Traufe ...* „Oh, ich hab es! Black Blitz!" Ihre Wangen waren noch nie so rot gewesen. Am liebsten würde sie ihr Gesicht mit ihren Händen bedecken. Dann bemerkte sie, dass sie noch immer seine Hand hielt. Sie riss ihren Arm zurück und gab ihr Bestes, ihr Kinn oben zu halten, obwohl sie sich am liebsten eine Decke über den Kopf ziehen wollte.

Sein zuckender Mundwinkel verwandelte sich zu einem echten Lächeln. „Fast. Black Stevens."

Bevor er mehr sagen konnte, kam hinter ihm Lori aus einem Holzstall. Die hochgewachsene Frau legte eine Hand auf seine Schulter, aber als Zuneigung würde Renee diese Berührung nicht bezeichnen. Als Besitzanspruch allerdings schon. „Du hast unseren Ranchmitarbeiter kennengelernt. Black wurde abgestellt, um dich herumzuführen."

Mist, er ist vergeben. Das eine Mal, dass sie einen Mann vor Renee entdeckte und für sich beanspruchte, suchte sie sich einen, der nicht mehr auf dem Markt war.

Mit einem genervten Blick in Loris Richtung schüttelte er ihre Hand ab. „Darüber werden wir noch reden."

„Du kannst natürlich auch die Ställe ausmisten." Loris Lächeln wirkte aufgesetzt.

Renee hob beide Hände. Die Spannung zwischen ihnen war greifbar, und sie hatte kein Interesse daran, zwischen die Fronten zu geraten. „Also, ähm, ich will den Streit zwischen einem Paar nicht stören. Ich kann später zurückkommen."

Was auch immer zwischen den beiden vorgefallen war, hatte nichts mit Sex zu tun. Sich nicht im Klaren, was Renee denken sollte, sah sie sich auf der Suche nach einem Themenwechsel um. „Ich schätze, Cookie ist nicht länger hier, oder? Mein Großvater hat stets ein Pony für mich auf der Farm gehalten."

Lori lachte. „Keine Cookies für dich, meine Liebe." Sie warf Black einen Blick zu, den Renee nicht zu interpretieren wusste. „Ich werde arrangieren, dass unser Hengst Saul für dich gesattelt wird."

Black spannte sich an. „Saul satteln? Was wird Saul davon halten?"

Mit einem verachtenden Ausdruck gedacht für Black kam Lori auf Renee zu. „Er ist immer stark bemüht, gefällig zu sein."

Black drehte sich um, als sie an ihm vorbeilief, räusperte sich und wandte sich Renee zu. „Ein Hengst ist vielleicht ein bisschen viel für dich."

„Blödsinn." Lori wedelte abweisend mit der Hand und schickte damit Staubpartikel in einen wirbelnden Rausch. „Sie ist Tolimans Enkeltochter.

Sieh sie dir doch an. Sie hat die kurvenlose Figur eines Jockeys. Zudem habe ich gehört, dass sie und ihre Freundin abenteuerlustig sind. Saul wird sie lieben."

Die Spannung in der Scheune war nicht auszuhalten, aufgeladen mit einem Subtext, den Renee nicht begriff. Steph liebte den Nervenkitzel, um ihre Paparazzi auf Trab zu halten. Wenn Renee aber ehrlich war, dann machten ihr viele von Stephs Aktionen Angst. Einen Hengst zu reiten, war vergleichbar mit einem ins Wasser gelassenen Käfig, um mit Haien zu schwimmen. Zudem war ihr Großvater auf einem Ausritt gestorben, und sie war lange nicht so geübt wie er. „Äh, ich saß das letzte Mal mit acht auf einem Pferd."

Black packte Renees Arm und führte sie entschlossen zu einem Stall, durch den die Weide zugänglich war. „Wie wäre es, wenn ich dich zunächst ein wenig rumführe? Das Reiten heben wir uns für später auf. Wenn es nicht mehr so heiß ist." Ohne anzuhalten, warf er einen Blick über seine Schulter. „Wir haben ein neues Fohlen. Sie wurde erst vor ein paar Tagen geboren."

Renee wich einem Misthaufen aus. „Das klingt gut", sagte sie atemlos.

„Halte mich auf dem Laufenden, wie dir das Reiten bei uns gefällt!" Loris Stimme folgte ihnen, genau wie ihr Lachen.

Da sie etwas Abstand zu Lori gewonnen hatten, traute sich Renee, einen Blick auf Blacks Hintern zu werfen. Seine Jeans saß locker, aber nicht zu locker. *Ein knackiger Arsch. Wirklich nett.* Ihre Augen wanderten über seinen breiten Rücken zu seiner Haarpracht, die unter dem Cowboyhut herauslugte. Hießen alle Cowboyhüte Stetson, oder handelte es sich dabei um eine Marke?

Ein unerwarteter Stein unter ihrer Sohle führte dazu, dass sie stolperte. Blitzschnell reagierte er, drehte sich vor sie und packte mit beiden Händen ihre Arme. *Oh, schnell und stark!* Schüchtern lächelte sie ihn an. Als er den Blick abwandte, grinste sie. *Nein, Stephs Herangehensweise ist nicht so schwer. Na ja, solange Reden nicht erforderlich ist ...*

„Sei vorsichtig", sagte er. „Diese Steine erscheinen immer wie aus dem Nichts." Er drehte sich und lief weiter. Leider hielt er Renee nicht länger an den Armen. *Verdammt.* Sie schloss die Augen und atmete seinen verweilenden Duft ein. Er roch nach Heu und Leder und nach heißem Mann.

Nachdem sie die Augen wieder öffnete, stellte sie beschämt fest, dass er nur ein paar Schritte gegangen war und sie musterte, während er eine Stute über den Hals streichelte. Ein Schmunzeln zierte seine Lippen. „Das ist Millie.“

Die Ohren der Stute zuckten und sie sah neugierig zu Renee.

Mit feuerroten Wangen drückte Renee die Schultern durch und hielt dem Pferd wie zu einem Handschlag die Hand hin. „Freut mich, Millie. Ich bin Renee.“ *Na bitte, das war doch bezaubernd gewesen, oder?* Das Tier wackelte wie zum Gruß mit dem riesigen Kopf. Renee kicherte und verbeugte sich, höchstzufrieden über Blacks anerkennendes Lächeln. „So höflich!“

„Millie, Renee gehört jetzt die Ranch, und wenn du nichts dagegen hast, würde sie gerne Ivy-Jane kennenlernen.“

Das winzige Fohlen zeigte sich hinter seiner Mutter, der Kopf zu groß für seinen Körper, die dünnen Beinchen mit Streifen bedeckt. Renee entließ den Atem. „Oh, mein Gott! Sie ist so süß!“

Das Fohlen zuckte zusammen und tauchte erneut hinter seiner Mutter unter. Indessen schlug Millie mit dem Schweif und wandte sich wieder dem Grasen zu. Anscheinend stimmte sie Renee zu.

Black hockte sich hin, lehnte sich vor und streckte dem schüchternen Fohlen eine Hand entgegen. „Es ist okay, Ivy-Jane. Komm und lerne den Menschen kennen."

Renee bewunderte seine tanzenden Muskeln, als er sich weiter vorlehnte. „Ich mag es, wie du mit ihnen sprichst."

Ohne sie anzusehen, erhob er sich. „Es braucht lediglich gegenseitigen Respekt. Das ist auch schon alles. Stimmt's, Millie?" Er kraulte die Stute am Hals, wo ihre dunkle Mähne heraustrat. „Und bei den Kleinen ist es wichtig, dass du sie zu dir kommen lässt. Sie spüren genau, wem sie vertrauen können."

Das Fohlen lunzte wieder. Dieses Mal stand es hinter den Vorderbeinen des Muttertiers, die dunklen Ohren neugierig zuckend. Renee wandte den Blick ab, ließ die Augen auf Black haften. Was nicht schwer war. Die Muskeln in seinen Armen hielten sie im Bann, als er die Stute streichelte. Die winzigen goldfarbenen Härchen auf seiner Haut fingen das Licht der Sonne ein. Sie erinnerte sich, wie er dem Fohlen auch am Sprinkler die Hand hingehalten hatte. Renee tat es ihm gleich, streckte den Arm aus und wackelte mit den Fingern.

Hocherfreut beobachtete sie, wie das Jungtier schnüffelnd nähertrat, seine samtweiche Nase kam in Kontakt mit Renees Fingerspitzen.

„Wie es scheint, hast du den Test bestanden." Black musterte diesen Annäherungsversuch mit auf halbmast gesenkten Augenlidern und einem sexy Lächeln. Verdammt, sein Lächeln war wirklich sexy.

„In welchem Alter reitest du sie zu?"

Millie wieherte und schlug mit dem Schweif, was das Fohlen in die Flucht jagte, bevor auch sie sich drehte und langsam folgte. Enttäuscht senkte Renee den Arm.

„Wir reiten hier keine Pferde zu." Black knurrte die Worte. Sein sexy Ausdruck war verschwunden. „Zumal Millie der wilden Herde angehört."

„Tut mir leid. Ich meinte zähmen." Renee zog die Augenbrauen hoch, aber sein Gesicht verlor nichts von der Härte. „Mit ihnen arbeiten? Ich kenne mich mit dem Fachjargon nicht aus. Zumal ich immer dachte, dass Wildpferde weglaufen. Warum steht sie auf eurer Weide?"

Black nahm den Hut ab und fuhr mit den Fingern durch seine aschblonden Locken. „Der alte Toliman – dein Großvater – hat den Pferden immer geholfen. Dabei spielte es auch keine Rolle, ob sie ihm oder den Nachbarn gehörten. Oder ob es sich um Wildpferde handelte. Er bot Schutz bei neuen Fohlen. Während der harten Winter stellte er sicher, dass niemand Hunger leiden musste. Und er rief einen Arzt, wenn es nötig war." Er zuckte mit den Achseln. „Wir versuchen, seine Bemühungen in Ehren zu halten."

Mehr von dieser Wehmut, die sie auch schon auf der Fahrt zur Ranch befallen hatte, das Gefühl, etwas verloren zu haben, nahm Besitz von ihr. In ihrer Erinnerung erschien ihr Großvater, ein breites Grinsen auf den Lippen, wenn er sie zur Weide oder zur Scheune mitgenommen hatte. „Er hat mich immer in einem kleinen Handwagen umhergefahren und mir alle Pferde gezeigt. Stets meinte er, dass wir jetzt auf Reisen gehen", sagte sie mit Tränen in den Augen. Warum war sie nie wieder zu Besuch gekommen? Nur, weil ihr Vater irgendetwas von Voodoo erzählt hatte? „Großvater hat Pferde geliebt."

Eine kalte Brise drängte sich wie ein Geist zwischen sie und Black. Zittrig atmete sie aus und wischte sich die Tränen von den Wangen. Ein beschämtes Lachen entrang ihr. „Tut mir leid."

Blacks mahagonifarbene Tiefen fanden ihren Blick. Sein versteinerter Gesichtsausdruck erschien nun sanfter, aber dennoch ernst. Als erwartete er etwas von ihr. „Vielleicht kannst du auch lernen, Pferde zu lieben."

Sie lachte und ihr Herz flatterte wie ein Vogel in einem Käfig. Mr. Intensiv war ein unwiderstehlicher Zeitgenosse. Sie sah zur Scheune. Wenn es jemandem gelingen könnte, dass sie Pferde wieder lieben lernte, dann Black Stevens.

„Vielleicht können wir zusammen ausreiten, damit du mir zeigen kannst, wie ich diese Liebe neu entdecken kann?" Sie legte den Kopf auf die Seite und warf ihm denselben schüchternen Blick zu, den sie auch aufgesetzt hatte, nachdem sie über den Stein gestolpert war. Ihr Geschlecht kribbelte mit dem Bedürfnis nach einem Ritt, und damit meinte sie nicht notwendigerweise mit einem Pferd.

Tief atmete er ein, als würde er sie absorbieren. „Okay."

„Oh!“ Sie erinnerte sich an das Gedicht. „Mein Großvater sprach in seinem Testament von vergrabenen Schätzen. Weißt du etwas darüber?“

„Äh … nein.“

„Na gut, dann bist du offiziell angeheuert, um mir bei der Suche zu helfen.“ Sie nahm seine schwielige Hand und zog ihn zur Scheune zurück, um zwei Pferde zu satteln. Ihre eigene Initiative ließ ihr Herz schneller schlagen.

5

Verwirrt ließ sich Black von der kleinen Fee zur Scheune führen. Der Plan besagte, sie zu verführen, nicht andersrum. Wie sollte er klar denken können, wenn er in ihrer Nähe ständig mit einer Erektion zu kämpfen hatte? Noch nie hatte er auf jemanden so heftig reagiert. Sein Köper schien sich ihrer zu jeder Zeit bewusst zu sein. Als sie gestolpert war, hatte sie ihn mit einem Blick beschenkt, der elektrisierend und einladend gewesen war. Ein Blick, der ihn umgehauen hatte.

Nur, weil sie mit mir flirtet, heißt das noch lange nicht, dass sie an etwas Langfristigem interessiert ist.

Wahrscheinlich sehnte sie sich nach einem kleinen Urlaubsabenteuer. Dagegen hätte er auch nichts, wäre da nicht Loris Plan. Und ihre Drohungen. Ihr Ton hatte blicken lassen, dass sie keine glückliche Ehe für die beiden vorgesehen hatte. Aus diesem Grund hatte Black bei Renee zunächst gezögert, als sie sich ihm vorgestellt hatte. *Wenn du es nicht tun willst, werde ich einen anderen finden.* Jemanden wie Saul, der mehr war als ein einfacher Hengst – er war Blacks Onkel, der Anführer der Junggesellenherde.

Der Gedanke, dass Saul mit Renee … Black ballte die Hände zu Fäusten. An sich war Onkel Saul kein furchtbarer Kerl. Nein, aber Black wollte nicht, dass jemand anderes außer ihm diese süße Fee bestieg. Die Vorstellung allein machte ihn aggressiv.

Gemeinsam traten sie in die kühle Scheune und Renee entließ einen erleichterten Seufzer. Sie zupfte das T-Shirt von ihrer Haut weg, um sich ein wenig Luft zuzufächeln. Sofort fiel sein Blick auf den pinken Spitzen-BH. Ihre Bewegung wehte einen verführerischen Kirschblütenduft in seine Richtung. Sie roch nach einer frischen Brise an einem heißen Sommertag. *Reiß dich zusammen, Black. Du benimmst dich wie ein einjähriges Fohlen in der Nähe einer rossigen Stute.*

„Meine Fresse, ist es heiß da draußen", sagte Renee atemlos. *So sexy.* „Ich verstehe nicht, wie du den ganzen Tag in der Sonne arbeiten kannst."

Er ließ den Blick von ihrem Gesicht zu ihren Brüsten schweifen, dann tiefer, bevor er wieder zu ihren Augen zurückkehrte. Seine Nasenflügel blähten sich bei ihrem berauschenden Duft auf. „Was für ein Parfum trägst du?"

Sie errötete. „Ich trage nur ein Deo."

Es gefiel ihm, dass er ihre Wangen rot färben konnte. Sie war ein gutes Mädchen, das versuchte, böse zu sein, und er musste zugeben, dass ihn das erregte. Um zu testen, wie dunkel ihre Wangen werden konnten, holte er tief Luft und sagte: „Du riechst köstlich."

Und schon vertiefte sich die Schamesröte und sie senkte den Blick.

Seine Erektion drückte sich von innen gegen seinen Reißverschluss. Er ging einen Schritt auf sie zu, bis er sich sicher war, dass sie seinen Atem auf ihrer Haut spüren konnte. Wahrscheinlich roch er nach Pferd und Schweiß, aber Renee störte das offenbar nicht. Ganz im Gegenteil, denn sie schien sich davon angezogen zu fühlen, wenn er den Moment vorhin richtig gedeutet hatte.

Mit dem Kopf im Nacken fand sie seinen Blick, ihr Schamgefühl kehrte sich vor seinen Augen in Erregung um. Ihre Wimpern flatterten, schlossen sich, ihre Lippen teilten sich und boten sich ihm für eine Kostprobe dar.

So verzweifelt er sie auch auf den nächsten Heuballen werfen und in ihre Hitze eintauchen wollte, wusste er, dass dies nicht ausreichen würde. Er musste ihr Herz gewinnen. Mit Brautwerbung hatte er nun wirklich keine Erfahrungen, schließlich würde keine Stute jemals einen Zentauren für sich wählen. Seine bisherigen Sexpartner waren immer Menschen gewesen. Alles einmalige Angelegenheiten, schnell und dreckig. Und nun hatte er Renee vor sich stehen, die ihm eine schmutzige Einlage versprach, während er daran dachte, sie an sich zu binden.

„Warst du schon mal verliebt?" Seine Stimme klang belegt.

Ihre Augen weiteten sich. Verletzlichkeit flackerte kurz in ihren Tiefen auf. Dann war seine wilde Fee zurück. Sie hob die Hand und fuhr mit ihrem

Zeigefinger von seiner Kehle zu seiner Brust. „Was für eine dämliche Frage."

Er umfasste ihre wandernde Hand und stoppte ihren Fortschritt. Ihre Haut war samtweich. Tief in ihre Augen blickend sagte er: „Ich schätze, das heißt *Nein*."

Und da war wieder diese Verletzlichkeit. Sie spannte sich an. „Es muss hier nicht um Liebe gehen. Wir können einfach ein bisschen Spaß haben."

Seine Stirn legte sich in Falten. Hinter ihren ungeübten Flirtversuchen hatte er jemanden gesehen, der es verdiente, Tolimans Enkeltochter genannt zu werden. Jemand, der in der Lage war, Liebe zu geben und zu akzeptieren. Eine Frau, die bei ihren Sexualpartnern Abwechslung mochte, hatte er nicht wahrnehmen können. Er rieb mit dem Daumen über ihre Handfläche. „Mehr willst du nicht?"

Sie verzog das Gesicht zu einer Grimasse. „Liebe führt nur dazu, dass man verletzt wird. Vielleicht nicht körperlich, aber sicher emotional. Nach dem Tod meiner Mutter war mein Vater nicht mehr er selbst." Sie schüttelte den Kopf, als versuchte sie, eine

Erinnerung abzuschütteln. „Ich bin nicht auf der Suche nach Liebe."

Black zog eine Augenbraue hoch. Er wusste, dass er jetzt wahrscheinlich einen wunden Punkt treffen würde. Jedoch wollte er wissen, mit wem er es zu tun hatte. „Stattdessen bist du also zu einer Männerfresserin geworden? Einem Raubtier?"

Sie blinzelte und riss ihre Hand aus seiner. Er packte sie erneut und presste sie wieder an seine Brust. Wütend funkelte sie ihn an. „Ich bin keine Männerfresserin!"

In diesem Moment, ob es an ihrer Körpersprache lag oder daran, wie sie sich verteidigte, griff sie nach den Zügeln zu seinem Herzen. Diese leicht in Verlegenheit zu bringende Fee war auf keinen Fall ein Raubtier. Sie gab vor, eines zu sein, wenn es aber ernst wurde, brachte sie es nicht fertig, jemanden mit einem gebrochenen Herzen zurückzulassen. Ja, sie spielte ein Spielchen, so wie das ein Einjähriger in einer neuen Herde tat.

Ein schiefes Grinsen zeigte sich bei ihm. „Wenn du keine Männerfresserin bist, dann bist du jemand, der einen Mann zum Spaß scharfmacht."

Entrüstet schnappte sie nach Luft und riss ihre Hand erneut weg. „Das bin ich nicht!"

„Nein?" Er trat näher, presste seine Brust gegen ihre, und so zwang er sie, rückwärts zu gehen. Ein Schritt, zwei Schritte, bis sie wie geplant mit dem Rücken an einem Pfosten lehnte. „Beweise es."

Er blickte in ihre weit aufgerissenen Augen, und als sie ihn nicht von sich stieß, senkte er den Mund auf ihre Lippen. Mit einer Hand auf ihrer Wange glitt er mit den Fingern in ihre kurzen Haare. Ihr weicher Mund, ihr süßer Geschmack, als sie sich ihm öffnete, feuerte ihn an. Sie schmolz dahin. Sie legte die Hände auf seine Hüften und er erschauerte, sein Schwanz unbeschreiblich hart. Verdammt, diese Frau war wie eine Droge für ihn.

Er vertiefte den Kuss, glitt mit der Zunge zwischen ihre Lippen, erkundete ihren Mund und nahm ihren Atem als seinen in sich auf.

Sie streckte sich ihm entgegen, presste ihre Brüste gegen seinen Oberkörper. Stöhnend warf sie den Kopf in den Nacken und entblößte somit ihren Hals. Er knabberte an ihrem Kiefer, die Krempe seines Hutes stieß dabei gegen ihre Wange. Sie hob einen Arm und schmiss das störende Accessoire auf den

Boden. Sofort zog er sie an sich, sein Mund nun ihre Schulter liebkosend. Ihr Duft hüllte ihn ein, so weiblich und erregend. Ihre Nippel hatten sich aufgerichtet und rieben durch die Stoffschichten über seine Brust. Gott, er wollte ihre Nippel kosten.

Ihre Hände wanderten auf seinen Rücken. Sie rotierte mit ihrem Becken und kam mit seiner spürbaren Erektion in Kontakt. Prompt legte er seine Hände auf ihren Hintern, hob sie hoch und presste sie an sich. Der Laut, der ihr dabei entrang, raubte ihm den Verstand. Ihre Hände erkundeten seinen Rücken, seine Flanken, schoben sich am Saum seines T-Shirts vorbei, wo Renee schnell seine nackte Haut fand und mit den Fingerspitzen seine Bauchmuskeln nachzeichnete, bevor sie sich zu seinen Brustwarzen aufmachte.

„Oh ja, weiter so, Süße!" Ein Kamerablitz blendete ihn kurzzeitig. Er schloss die Augen bei dem raubtierartigen Geruch, der sich zwischen ihn und Renee drängte. „Das kommt auf jeden Fall auf deine Instagramseite!"

Renee erstarrte und ihre Finger unterbanden ihre Zärtlichkeiten. Um Renee vor der Kamera abzuschirmen, positionierte er sich direkt vor ihr, und drehte sich dann dem Spanner zu. Renees

Freundin stand in einem Tanktop, Daisy-Duke-Shorts und Flipflops ein paar Meter von ihnen entfernt, ihre platinblonden Haare hatte sie zu zwei seitlichen Zöpfen geflochten. Wütend knurrte er: „Was soll das?"

„Ich halte den Moment fest." Steph hob nicht mal den Blick von ihrem Handy, als sie einen Text für das Bild tippte.

Seine Wut verstärkte sich. Aus offensichtlichen Gründen mied er Fotos. „Du solltest keine Bilder von Menschen veröffentlichen, die du nicht kennst."

Jetzt hob sie den Kopf, gewieft unschuldig sah sie ihm in die Augen. „Oh, aber wir wollen dich kennenlernen. Habe ich nicht recht, Renee? Zudem habe ich dem Kerl mit der Kamera vor dem Tor die Erlaubnis gegeben, das Grundstück zu betreten."

„Du hast was?" Seine Hände ballten sich zu Fäusten. Ohne seinen Cowboyhut fühlte er sich nackt und er suchte den Boden danach ab, bis er ihn schließlich fand. Er klopfte den Dreck ab, während er sie weiterhin wütend anfunkelte. „Wir schätzen unsere Privatsphäre."

„Du musst dich wirklich nicht schämen, du Weiberheld. Du bist hinreißend!" Grinsend schoss sie ein weiteres Bild von ihm.

Zähneknirschend setzte er sich den Hut auf und nahm einen Schritt in ihre Richtung. Er würde ihr das Handy aus der Hand reißen und –

Nur Renees sanfte Berührung an seinem Arm schaffte es, ihn zurückzuhalten. Grunzend verschränkte er die Arme vor der Brust und entschied, die Sache seine kleine Fee regeln zu lassen.

6

Renee trat hinter Black hervor und gab alles, um ihren Puls zu besänftigen. Das war so typisch für Steph. Egal, wo sie waren, sie musste immer die Kontrolle an sich reißen. In diesem Fall war Renee jedoch die Besitzerin. Ihr gehörte die Ranch, es war ihr Revier, und zum ersten Mal hatte sie das starke Bedürfnis, Stephs Respektlosigkeit entgegenzutreten. „Steph, nicht jeder möchte sein Privatleben in der Öffentlichkeit ausbreiten."

„Keine Bange, die Fotos konnten nicht hochgeladen werden. Ich habe hier kein Netz. Am Arsch der Welt befinden wir uns." Sie schob das Handy in ihre Potasche. „Eigentlich bin ich auch nur zu dir gekommen, um dir zu sagen, dass wir zum Basejumping eingeladen worden. Gleich Morgen fliegen wir nach Dubai! Lass uns diese Schatzsuche hinter uns bringen und unser Leben genießen." Sie sah sich um, als würde sich so ein Schatz materialisieren.

„Basejumping?" Renee erstarrte. Steph sprach seit einem Jahr davon, Basejumping zu gehen. Sie hatte es sogar geschafft, Renee in … Vorbereitung zu einem Fallschirmsprung zu überreden. Dabei hatte sich Renee den Knöchel verstaucht und war eine Woche ausgefallen.

„In Dubai soll es dieses superhohe Gebäude geben. Ständig springen dort Leute herunter. Oh, und wenn wir erwischt werden, müssen wir ins Gefängnis!" Steph quietschte vergnügt und sah sie gespielt ängstlich an.

Blacks Stimme grummelte hinter Renee: „Du findest es aufregend, in Dubai ins Gefängnis zu müssen?"

„Oh, so weit wird es nicht kommen. Jedenfalls nicht für lange. Ich kenne Leute, die mich rausholen werden."

„Und was ist mit Renee?" Er klang genervt. Noch war sich Renee nicht sicher, ob es ihr gefiel, diesen Ton bei ihm zu hören. Machte er ihr Angst oder fühlte sie sich beschützt? Er sorgte sich um sie.

Allerdings war seine Abneigung gegen Steph schon beinahe körperlich.

Steph lief um Renee herum, ein vertrauter gieriger Ausdruck in ihren Augen. „Wie süß du doch bist. Ich liebe Männer mit einem ausgeprägten Beschützerinstinkt."

„Reserviert, erinnerst du dich?", presste Renee heraus.

Steph schnaubte, wirbelte herum und spazierte zum Ausgang der Scheune. „Dafür haben wir sowieso keine Zeit. Wir müssen übermorgen in Dubai sein. Jamison hat alles für uns arrangiert."

„Das schaffe ich nicht." Renee schluckte lautstark und versuchte, den Mut zu finden, sich gegen Steph aufzulehnen, damit sie nicht beim Basejumping endete. Auf keinen Fall würde sie das tun. Sie musste sich zusammenreißen und lernen, *Nein* zu sagen.

„Du hast noch nichts unterschrieben. Es wird also noch alles hier sein, wenn wir zurückkommen. In unserer Abwesenheit kann dein Hübscher vielleicht jemanden für mich auftreiben." Steph sah über ihre Schulter zu Black, spitzte die Lippen und warf ihm einen Luftkuss zu. „Renee, komm."

Mit einem angespannten Lächeln sah sie zu Black. An seinen Schultern erkannte sie, dass sich Blacks Begeisterung in Grenzen hielt. Es wäre besser, sich ohne ihn mit Steph auseinanderzusetzen. „Auf dein Angebot zum Ausreiten komme ich später zurück."

Schnell holte sie zu Steph auf, und zwar auf dem Kiesplatz, wo sie ihren Ford geparkt hatte. Steph hatte den Kofferraum geöffnet und wühlte durch einen Koffer. „Ich bin mir sicher, dass ich meine Louis-Vuitton-Ballerinas eingepackt habe. Ich wollte sie im Flugzeug tragen."

„Wir sind gerade erst angekommen, Steph. Ich möchte ein paar Tage bleiben." Renee hielt neben ihrer Freundin an und beobachtete, wie Steph durch ihre Kleidung ging, die für eine Ranch so gar nicht geeignet war.

„Der Sprung ist eine einzigartige Lebenserfahrung", sagte Steph, ohne den Kopf zu heben. „Das willst du doch nicht verpassen."

Renee schluckte schwer, ihr Magen rebellierte. „Ich habe einen Termin mit einem Immobilienmakler. Warum gehst du nicht einfach ohne mich? Vielleicht kann ich später nachkommen?"

„Geht's hier um Geld?" Steph legte die Stirn in Falten. „Du weißt doch, dass ich dir gerne aushelfe, bis du es mir zurückzahlen kannst."

„Nein, darum geht's nicht. Ich möchte die Sache mit der Ranch einfach so schnell wie möglich klären."

Steph nahm den Blick von einer königsblauen, ärmellosen Bluse mit Pailletten und sah zu Renee. „Renee ..." Sie warf das Oberteil auf den offenen Koffer. „Willst du wirklich den Schwanz einziehen, jetzt, wo ich es geschafft habe, uns einen Platz zu sichern? Du weißt doch, wie lange ich schon auf diese Chance warte."

Gleich neben der Scheune entdeckte sie das Aufblitzen einer Kamera, als der Paparazzo *seine* Chance nutzte. Renee rollte mit den Augen und wandte sich wieder Steph zu. „Du hast doch noch Jamison. Drei sind sowieso immer einer zu viel."

„Er bringt einen Freund für dich mit. Nicht wie hier, wo ich das dritte Rad am Wagen bin." Wie ein bockiges Kind rümpfte sie die Nase.

„Das letzte Mal war ich mit acht Jahren hier, und ich konnte mich noch gar nicht richtig umseh –"

„Ach, komm schon! Das wird so ein Spaß! Shopping in Dubai!"

Renee zuckte mit einer Schulter und hoffte, dass die Galle in ihrer Kehle nicht höher stieg. „Ich denke, ich werde bleiben." Na bitte, sie hatte es gesagt.

Steph verengte die Augen, ihre künstlich verlängerten Wimpern warfen Schatten über ihre grünen Tiefen. Ihr Blick sprang zu der Scheune und wieder zu Renee zurück, den Kameramann vollkommen ignorierend. „Ich verstehe. Ich werde einem Penis vorgezogen."

„Was? Das würde ich niema –"

„Wie würdest du es sonst nennen?"

Den bitteren Geschmack in ihrem Mund herunterschluckend spürte Renee, wie sich ihr Herzschlag beschleunigte. Ähnlich zu dem Moment des Kusses mit Black. Die Wahrheit war, dass sie unbedingt bleiben wollte, um zu sehen, was aus Black und ihr werden konnte. Außerdem brachte die Ranch Erinnerungen zurück und diese wollte sie auskosten, bevor das Grundstück nicht länger ihres war. Blacks Art, ihr dabei zu helfen, fühlte sich sicher an. Bei ihm konnte Renee sie selbst sein. Bei Steph verspürte sie immer den Druck, mehr zu sein, als sie war. Sie bohrte ihre Fingernägel in ihre Handflächen. „Ich möchte nicht zum Basejumping. Weder heute noch jemals."

Die Augen ihrer Freundin weiteten sich und sie nahm einen Schritt zurück, als hätte Renee ihr eine verpasst. „Oh, okay. Warum hast du das nicht gleich gesagt?"

Wütende Tränen bildeten sich in Renees Augen und sie schüttelte den Kopf. „Ich … du …" Sie bekam die Worte nicht heraus, da sie in Stephs Gegenwart zu viele zurückgehalten hatte.

Steph zog Renee in eine Umarmung. „Ich weiß, ich weiß. Das hast du gerade getan." Sie drückte sie fester, bis Renee schließlich ihre eigenen Arme hob und sie um Steph legte. „Also gut. Ich werde allein gehen. Meine Fans wissen bereits davon. Aber verkaufe das Grundstück nicht, bevor ich zurückkomme. Immerhin müssen wir zuerst den Schatz ausfindig machen."

Renee brach erleichtert an ihrer Freundin zusammen. Sofort zeigte sich das schlechte Gewissen, bei dem sie am liebsten doch ihre Sachen gepackt hätte. „Danke", hauchte sie stattdessen.

Nach einem dicken Kuss auf Renees Wange sagte Steph: „Einen Gefallen musst du mir aber tun: Führe Protokoll über deine Erlebnisse mit dem sexy Cowboy. Ich will jedes noch so kleine oder … große Detail hören."

Renees Lippen zierten ein schüchternes Lächeln. Dann zeigte sie auf den Paparazzo, der noch immer neben der Scheune lauerte. „Kannst du dafür sorgen, dass dieser nervige Kerl verschwindet?"

7

Black marschierte zur Scheune und nahm sich Zaumzeug für Petunia. Es nervte ihn, dass er sich auf die Beine eines normalen Pferdes verlassen musste. Da Menschen auf dem Gelände waren, konnte er sich jedoch nicht verwandeln. Er empfand es als wichtig, die Herde über den Fotografen zu unterrichten, damit sie vorsichtig waren und nicht in der Nähe der Scheune eine Verwandlung vornahmen. Hinzu kam, dass die Erwähnung eines Immobilienmaklers Lori recht gab und er sich bei Renee beeilen sollte. Seit Jahren waren immer wieder Angebote an Toliman gemacht worden, die Ranch zu verkaufen. Der alte Mann war nie darauf eingegangen, da er die Herde nicht in Gefahr bringen wollte. Ohne die Ranch wusste er nicht, wie es weitergehen sollte. Die Herde brauchte diesen Zufluchtsort, um … eine Herde zu sein.

Ob Black nun Renee heiratete oder einen anderen Weg fand, sie davon zu überzeugen, das Grundstück zu behalten, spielte keine Rolle. Er wusste jedoch, dass er keine Zeit verlieren durfte.

Ein Geräusch aus dem Stall, in dem sie medizinisches Zubehör lagerten, erregte seine Aufmerksamkeit. *Zu laut für eine Katze.* War ein Einjähriger aus der Herde in den Getreidevorrat geschlichen? Ein Pferd mit Koliken war das Letzte, was er gerade brauchte. Ein Ärgernis kam jedoch selten allein. Er seufzte und packte sich das Zaumzeug, bevor er dem geheimnisvollen Laut nachging.

Um die Ecke, neben seinem Regal mit den medizinischen Notwendigkeiten, stand ein Mann mit dem Rücken zum Ausgang. Sein nackter Oberkörper zeigte die typischen Narben eines eingesessenen Junggesellen in der Führungsrolle. Tritte und Bisse waren keine Seltenheit, wenn er um Dominanz rangelte.

„Onkel Saul?"

Der dunkelhaarige Mann drehte sich um, in der Hand eine blutige Kompresse. Eine frische Wunde zierte seinen Wangenknochen.

„Was ist passiert?" Black marschierte entschlossen auf ihn zu.

„Äh, es geht mir gut. Lori hat mich mit einem Huf erwischt." Er benutzte nur seinen rechten Arm und auch an seinen Rippen war Blut zu sehen.

„Wann ist das passiert? Vor oder nachdem sie dich als edles Ross angepriesen hat?" Der Zorn brodelte in Black. Nur besonderen Menschen wurde diese Ehre zuteil. So wie bei seiner Großmutter und dem alten Toliman. Gemeinsam hatten sie sich wie ein verheiratetes Pärchen um die Farm gekümmert. Oft hatte sie ihn auf ihren Pferderücken gelassen. Aber das war ihre Wahl gewesen. Nicht einmal die Leitstute hatte das Recht, ein Herdenmitglied dazu zu zwingen, jemanden aufsitzen zu lassen.

„Das hat nichts damit zu tun." Um den verletzten Arm zu schonen, nahm er sein an einem Haken aufgehängtes Hemd mit dem anderen und zog es sich über.

„Warte. Lass mich einen Blick darauf werfen." Black ging zu ihm, um sich die Wunde an den Rippen seines Onkels anzusehen. Die scharfe Kante eines Hufs hatte einen tiefen Schnitt hinterlassen. Um die Wunde färbte sich die Haut blau, was auf gebrochene Knochen hinweisen konnte. „Hast du Probleme beim Atmen?"

„Ich komme schon klar." Sauls Stimme klang gepresst. Er hatte Schmerzen. Generell übertrieb er es mit seinem Alphaverhalten, vor allem, wenn er in Menschengestalt durch die Welt wandelte. Ein Jahrzehnt führte er bereits die Junggesellenherde an und für ihn war es eine große Ehre. „Ich muss mich die nächsten Tage nur ein wenig schonen."

„Du bist der Anführer der Junggesellenherde, nicht irgendein Wallach." Black suchte auf den Regalen nach einer Flasche mit Desinfektionsspray. „Dazu hatte sie nicht das Recht."

„Sie hat Grant im Canyon erwischt, nachdem sie allen klar und deutlich zu verstehen gegeben hat, dort nicht hinzugehen. Sie ist ihm gefolgt. Er ist noch jung, also bin ich dazwischen gegangen. Es ist etwas ausgeartet."

Black runzelte die Stirn. „Ist Grant okay?"

Saul nickte angespannt.

„Warum verbietet sie der Herde in den Canyon zu gehen?" Der Canyon bot schattige Plätzchen und gelegentlich auch Wasser oder grünes Gras während der Dürrezeit im Sommer. Zudem war es ein guter Ort, um sich vor Touristen zu verstecken und den jungen Gestaltwandlern die Zeit zu geben, ihre Verwandlung zu meistern. Black hatte die relative Abgeschiedenheit als Zentaur immer sehr geschätzt.

„Sie sagt, dass es sich um einen verfluchten Ort handelt, weil wir Gloryanna und auch den alten Toliman dort verloren haben."

„Okay." Black fand die Flasche und richtete sie auf Sauls Wunde. Toliman war auf Blacks Großmutter – Sauls Mutter – geritten, als der Unfall passiert war. Offiziell hieß es, dass das in die Jahre gekommene Pferd auf vereisten Steinen, auf einem Pfad, der zu nah am Abhang gewesen war, ins Straucheln kam, woraufhin Pferd und Reiter in ihren Tod gestürzt waren. Lori hatte verkündet, dass die alte Stute ihrem Menschen den letzten Ritt geschenkt hatte. Black konnte noch immer nicht so recht glauben, dass seine Großmutter unter diesen Bedingungen den Pfad freiwillig betreten hatte.

Er säuberte die Wunde und nahm sich dann sein Werkzeug für Platzwunden. „Es muss genäht werden."

„Nein, nein, das geht so." Saul schob den Arm in seinen Hemdärmel.

„Ich bestehe darauf." Black funkelte seinen Onkel an. „Du magst über mir stehen, aber in diesem Moment bin ich der Tierarzt. Du musst genäht werden."

Saul erstarrte, sein Blick traf auf Blacks. Er blinzelte und senkte schließlich zustimmend den Kopf. Erneut entblößte er die Wunde. „Also gut."

Blacks Herzschlag normalisierte sich wieder. Er verabscheute diese Machtkämpfe. Bevorzugen würde er einen demokratischeren Weg. Der Instinkt jedoch kam natürlich und es war nicht einfach, Traditionen abzuschaffen. Er zog eine sterile Nadel heraus und schob mit Daumen und Zeigefinger die Wunde zusammen, um mit dem Nähen zu beginnen. „Onkel Saul, hast du jemals etwas von einem vergrabenen Schatz auf dem Grundstück gehört?"

Saul erschrak, als die Nadel seine Haut durchdrang. „Vergraben? Wie bei Piraten?"

„Ich bin mir nicht sicher. Renee, Tolimans Enkelin, meinte, dass im Testament von einem vergrabenen Schatz die Rede war."

Sauls Lachen zwang Black dazu, eine Pause einzulegen, damit er seinen Onkel nicht verletzte. „Das hat deine Großmutter sicher nicht erwartet."

„Was meinst du?"

„Toliman wollte seiner Enkeltochter von uns erzählen, aber sie kam nie zu Besuch. Und du weißt doch um die Regel, unser Geheimnis nicht schriftlich festzuhalten. Gloryanna hat die Ratgeber der Herde darum gebeten, dass Toliman ein kleines Gedicht ins Testament schreiben kann."

„Mit dem Schatz ist also die … Herde gemeint?"

„Verborgen, nicht vergraben. Und ja, das nehme ich an."

Black zog die Nähte fest. „In dem Fall wird Renee große Augen machen."

„Nur wenn sie uns entdeckt."

„Da Toliman ihr das Geheimnis anvertrauen wollte, sollten wir es ihr auch erzählen."

Saul wandte sich seinem Neffen zu. „Lori möchte nicht, dass Menschen einen Einfluss auf die Herde haben."

Black musterte Sauls geschwollenes Auge. „Du bist der Anführer der Junggesellenherde. Hast du auch eine Meinung zu dem Thema?"

Grunzend zog sich Saul an. „Es spielt keine Rolle, was ich denke. Das ist eine Sache, die nur die Herde betrifft."

Black begriff sofort, was Saul ihm damit sagen wollte. Er gehörte nicht zur Herde und verstand das Problem nicht. Das schmerzte. Loris Versprechen, ihm einen Platz in der Herde zu geben, schien unerreichbar, wenn nicht mal sein eigener Onkel ihn akzeptieren konnte. Black hielt die Nadel hoch. „Wir sind noch nicht fertig."

„Komm mir damit nicht zu nah, sonst trete ich dich." Mit diesen Worten marschierte Saul aus der Scheune.

8

An diesem Abend zündeten Steph und Renee ein Feuer an und tranken Tequila. Zu viel Tequila. Sie erhaschte einen Blick von Black bei der Scheunentür, doch er entschied, dem Lagerfeuer fernzubleiben. Dafür war sie dankbar. Sie wollte ihn nicht mit Steph teilen. Und morgen hätte sie dann Zeit, mit ihrem Cowboy zu flirten.

Betrunken und emotional stolperte Steph ins Bett, nicht glücklich mit der Tatsache, Renee auf der Ranch sich selbst zu überlassen. Es dauerte nicht lange, bis Renee einschlief und von Cowboys träumte, von Abenteuern, die ihr allein gehörten. Am nächsten Morgen wachte sie mit einem Kater auf. Nichtsdestotrotz zwang sie sich aus dem Bett, um Steph zu verabschieden. Gleich darauf fiel sie wieder in ihr Bett. Um die Mittagszeit erwachte sie, etwas panisch, dass sie nun auf sich allein gestellt war. Alle Entscheidungen lagen jetzt in ihrer Hand. Der Tag versprach fantastisch zu werden. Das wusste sie einfach.

Gut gelaunt sprang sie aus dem Bett, streckte sich und lächelte, als sie aus dem zweiten Stock auf das weite Land blickte. Die Luft schimmerte in der Hitze und schenkte dem Tag eine träumerische Qualität. Nachdem sie geduscht hatte, zog sich Renee eine Caprihose, ein Tanktop, auf dem ein Vergissmeinnicht aufgedruckt war, und passende Sandalen an. Sie legte ein wenig Make-up auf, beendete das Ritual mit einer natürlichen Lippenstiftfarbe, bevor sie sich in die Nachmittagssonne und auf die Suche nach ihrem sexy Cowboy wagte. Ohne Steph, die jeden ihrer Flirtversuche beobachtet und kommentiert hätte, fühlte es sich merkwürdig an, erneut auf ihn zuzugehen.

Sie fand Black wieder auf der Weide beim Bewässerungssystem. Heute trug er ein T-Shirt. Er hob den Kopf, als sie über die Kieseinfahrt lief. Mit einem, wie sie hoffte, kecken Lächeln öffnete sie das Gatter und trat, immer auf mögliche Stolperfallen bedacht, auf die Weide. Eine leichte Brise wehte übers Land und die Sonne warf einen goldenen Schleier über das Gras.

„Ich bin bereit für einen langen Ritt." Innerlich stöhnte sie. *Übertreibe es nicht, Renee.*

Wertschätzend ließ er den Blick über ihren Körper schweifen, verharrte auf ihren Brüsten und ihren Hüften, bis sich ihre Wangen rot färbten. Seine Augen landeten auf ihren Sandalen. „In den Dingern willst du ausreiten?"

„Warum nicht? Sind die Sandalen nicht superniedlich?" Nicht weit von ihm hielt sie an und wackelte mit ihren Zehen, die Nägel in einem leuchtenden Rot. Sie wusste, dass es eine dumme Idee war, in Sandalen auszureiten, aber das Pferd wollte sie ja schließlich auch nicht beeindrucken.

„Zumindest bist du nicht in winzigen Shorts aufgetaucht." Er erhob sich. „Natürlich würde es mich nicht stören, deine Beine zu bewundern. Aber diese Entscheidung hätte schmerzhaft geendet. Komm, ich habe noch ein Paar Stiefel in der Scheune, die dir passen sollten."

Mit der Hand auf ihrem Rücken führte er sie zu der Scheune. Die Berührung schickte beim Laufen elektrisierende Empfindungen durch ihren Körper. Er ging in einen Stall, in dem verschiedene Dinge zu finden waren, und kam zurück mit staubigen Lederstiefeln.

Im Inneren wimmerte sie, als er sie losließ. Jedoch schaffte sie es, sich auf die Stiefel zu konzentrieren. Steph hatte ein Regelwerk, wenn es darum ging, Schuhwerk zu teilen. Schuhe übertrugen Nagelpilz. Renee wusste nicht, ob das stimmte, aber wollte sie es riskieren? „Ich trage keine gebrauchten Schuhe."

„Du brauchst für die Steigbügel ordentliches Schuhwerk." Er schob die Stiefel in ihre Richtung.

Was würde er tun, wenn sie sich gegen seinen Befehl auflehnte? Im Moment hatte sie wirklich kein Interesse daran, auf ein Pferd zu steigen. In der Hoffnung, dass es hinreißend wirkte, schmollte sie. „Ich habe Stilettos in meinem Koffer. Die könnte ich tragen."

Er verengte die Augen, doch sein Mundwinkel zuckte. „Die kannst du später mit deinen Daisy-Duke-Shorts tragen."

Sie errötete, ihre Beine fühlten sich wie Wackelpudding an. Das Gefühl in ihrer Mitte hätte sie beinahe auf die Knie geschickt. *Ja, sie hatte ihm wohl die Vorlage dafür gegeben.* Er war gut darin, Bilder in ihren Kopf zu setzen. Sie, in Stilettos, gegen die Wand gepresst, während er den Schritt ihrer winzigen Shorts zur Seite schob und …

Blacks Nasenflügel blähten sich auf und sein verspielter Ausdruck gewann an Intensität. Er näherte sich. Ihr Herz setzte einen Schlag aus. Sein Duft nach Leder und Heu füllte ihre Sinne. Hitze flutete ihr Höschen. Sie nahm einen Schritt nach hinten und stolperte über einen Heuballen. Seine Hand schoss nach vorn, um sie abzufangen. Von der Stelle, an der er sie packte, jagte eine elektrisierende Schockwelle über ihren Arm. Sie schloss die Augen und lehnte sich ihm entgegen, erlaubte der Empfindung, sich in ihr auszubreiten.

Zu ihrer Überraschung presste er ihr die Stiefel in die Hände und trat zurück. „Wenn du reiten willst, musst du die Stiefel tragen.“

Sie öffnete die Augen und blinzelte auf die Schuhe. „Auch bei einem kurzen Ausritt?“

„Da du nach vergrabenen Schätzen schauen willst, werden wir zelten.“

Die nächste Erinnerung an ihren Großvater überwältigte sie. Nächte, in denen sie unter einem sternenbehangenen Himmel geschlafen hatten, das Zirpen der Heuschrecken als Hintergrundmusik. „Ich war seit Ewigkeiten nicht mehr zelten."

„Ich habe alles vorbereitet." Er drehte sich zu den Ställen.

Die Vorfreude ließ ihr Herz rasen. „Du weißt also, wo der Schatz zu finden ist?"

„Ich habe eine Vermutung." Er schnalzte mit der Zunge und ein Pferdemaul mit dunklen Flecken erschien. „Das ist Petunia. Du wirst heute auf ihr reiten."

Sie erinnerte sich an Loris Worte und neckte ihn: „Mit ein bisschen Übung werde ich schon bald einen Hengst reiten."

Langsam drehte sich Black zu ihr, eine Augenbraue hochgezogen, ein sinnliches Lächeln auf den Lippen. „Das wirst du. Und ich werde dich darauf vorbereiten."

Sie konnte nicht mehr rational denken, als ihr Geschlecht auf den Ausdruck in seinen Augen reagierte. *Meine Güte, wie stellte er das an?* Den ganzen Tag warf sie schon mit Anspielungen um sich und nun legte er sie mit einem einzigen Blick lahm. *Was würde Steph tun?* Sie festigte ihren Stand und hob selbstbewusst das Kinn. „Diese Entscheidung treffe ich."

Seine Stimme klang belegt, samtweich, durchtränkt mit einem offensichtlichen Versprechen. „Und wie wirst du entscheiden, welchen Hengst du reiten willst?"

Seinem Blick standhaltend schluckte sie schwer, bevor sie einen Schritt in seine Richtung nahm. Die Beule in seiner Jeans verriet ihr, dass er bereit für sie war. Mit wackeligen Beinen trat sie näher, während er ihr entgegenkam. Direkt vor ihr hielt er an, ließ seine Augen von ihren Lippen über ihren Hals zu ihren Brüsten schweifen. Das Atmen fiel ihr schwer. Seitlich ging er an ihr vorbei, ohne den Blickkontakt zu unterbrechen. Er lief um sie herum, so nah, dass sie seinen Atem an ihrer Haut spürte. Sie drehte den Kopf, nur den Kopf, um ihn nicht aus den Augen zu verlieren.

Schließlich stoppte er. Direkt hinter ihr verharrte er und plötzlich legte sich seine Hand in ihren Nacken, seine Finger glitten in ihre Haare. Sanft zog er ihren Kopf nach hinten und zur Seite. Sein Atem erhitzte ihren Hals, als er mit den Lippen über ihre Schulter fuhr. Bei der Kurve, die zu ihrem Hals führte, saugte er an ihrer Haut. Unwillkürlich wölbte sie den Rücken, presste ihren Hintern gegen seine Erektion. Noch nie in ihrem Leben hatte sie jemanden so verzweifelt gewollt.

In seinen Armen drehte er Renee zu sich, ohne die Hand von ihrem Nacken zu nehmen. Seine andere legte sich sanft auf ihre Hüfte. Er lehnte sich vor, liebkoste sie unter ihrem Ohr. Jede Berührung seines stoppeligen Kinns schickte Lustwellen zu ihrem Geschlecht.

Sie wimmerte. Warum fühlten sich ihre Beine plötzlich so taub an?

Black gluckste amüsiert, eine vibrierende Empfindung, die sich von seinem Oberkörper auf ihren übertrug. Ihre Hand lag auf seiner Brust und das Bedürfnis, seine nackte Haut unter ihren Fingern zu spüren, überwältigte sie. Sie wagte es, schob ihre Hand unter den Saum seines T-Shirts. Er zuckte zusammen, zischte bei der Berührung. Seine Bauchmuskeln waren steinhart und verdammt erregend. Sie erkundete mit den Fingern die Täler, bis sie sein Herz erreichte. Dort legte sie die Hand flach auf seine Haut. Das pochende Organ an ihrer Handfläche verwandelte ihre Beine in Wackelpudding.

Stöhnend trat er zurück, sein feuriger Blick noch immer auf ihrem Gesicht. „Wenn wir unser Lager bis Sonnenuntergang aufgebaut haben wollen, müssen wir los. Packe eine Tasche für die Nacht."

Von ihm getrennt zu sein, gefiel ihr nicht. Sie hatte das Gefühl, dass es ihr nun schwerer fiel, zu Atem zu kommen. Sie lehnte sich ihm entgegen, woraufhin er noch einen Schritt zurückging. Ihre Handfläche kribbelte, erinnerte sich an seinen Herzschlag. Sie sah ihm an, dass es nicht einfach für ihn war, auf Abstand zu bleiben. Seine Erektion verriet ihr, dass er genauso gerne weitermachen würde wie sie. Dennoch hatte er aufgehört.

Renee räusperte sich. „Ah ja, und ich soll die Person sein, die einen Mann scharfmacht, ohne die Sache durchzuziehen?"

Seine Gesichtszüge lagen durch die Krempe seines Cowboyhutes im Schatten. „Oh, glaube mir, zu dem Punkt kommen wir ganz sicher. Zuschauer möchte ich dabei aber vermeiden. In fünf Minuten geht's los."

Zuschauer? Verwirrt sah sie sich in der Scheune um. Es war niemand hier. Nicht mal Petunia, die sich in ihren Stall zurückgezogen hatte, war zu sehen. Dann entdeckte sie eine wunderschöne Palominostute, die von der Koppel zu ihnen schaute. Das Pferd schlug mit dem Schweif, der Blick des Tieres erschreckend intensiv, und Renee entschied, dass sie Black wohl recht geben musste. Das Pferd war wunderschön, aber das Verhalten war schon sehr merkwürdig und auch etwas unheimlich.

Den Blickkontakt unterbrechend machte sich Renee zum Haus auf, um ihre Zahnbürste einzupacken.

9

Wenn es der Pfad erlaubte, blieb Black auf dem Weg zur Hochfläche mit seinem Wallach vor Renee und Petunia. Die Erkenntnis, dass Lori ihn dabei beobachtet hatte, wie er Renee verführte, nervte ihn gewaltig, und es fiel ihm schwer, die kontrollierende Art der Leitstute abzuschütteln.

Vor ihnen stand die Sonne tief am Horizont. Sie waren bereits seit einer Stunde unterwegs, gewannen langsam an Höhe, während sie sich seinem liebsten Platz zum Zelten näherten. Renee betrachtete die trockene Landschaft, orangenes Sonnenlicht beleuchtete ihre Haare, sodass es aussah, als würde ihr Kurzhaarschnitt in Flammen stehen. „Wo ist mein Großvater gestorben?"

Die Frage traf ihn unerwartet. Seit dem Unfall hatte er die Stelle immer wieder besucht, um zu verstehen, wie es dazu hatte kommen können. Der Pfad war schmal, sicher, aber sogar mit Toliman auf dem Rücken seiner Großmutter war es nicht gefährlich, und es gab breitere Stellen, die zu einer Pause einluden. Manchmal fragte er sich, ob sie aus einem ihm unerklärlichen Grund auf der Flucht vor etwas gewesen war. Das würde er wahrscheinlich niemals herausfinden. Er räusperte sich und zeigte nach links auf den Canyon. Zwar konnte er den steilen Abhang nicht sehen, aber er wusste, dass er existierte. „Dort drüben."

Sie zog an den Zügeln und brachte Petunia zu einem Stopp. „Wer hat ihn gefunden?"

„Lori." Ein paar Schritte weiter hielt er an. „Der Gerichtsmediziner meinte, dass er sofort tot war. Er hat also nicht leiden müssen." Seine Stimme klang zu hoch in seinen Ohren. Gloryanna hatte niemand untersucht. Als zuständiger Tierarzt der Farm hätte er das selbst tun können, aber er hätte es nicht ertragen, den geschundenen Körper seiner Großmutter zu begutachten. Und keiner hatte einen schlimmen Verdacht gehabt, also wurde er nicht darum gebeten.

„Was hat er dort gemacht?", fragte sie.

„Jemand meinte, dass sich ein einjähriges Fohlen verlaufen hat. Er und meine … er und Gloryanna wollten helfen."

„Gloryanna?" Renee schirmte mit der Hand die Sonne ab. „Er war an dem Tag nicht allein?"

„Sein Pferd war bei ihm. Sie bedeutete ihm viel. Sie war eine ganz besondere Lady. Für uns alle." Blacks Magen drehte sich. Die Herde hatte den Verlust der Leitstute betrauert. Auf ihre eigene Weise. Es wurde ein Galopp organisiert. Dem Verlauf der Sonne nach, vom Osten zum Westen der Hochebene. Leider war es ihm nur möglich gewesen, als Reiter daran teilzunehmen. So abgelegen die Ranch auch war, Touristen fuhren ständig über die Holperpisten zum Nordkamm, um die Wildpferde zu beobachten. Zudem kamen regelmäßig Verantwortliche von der Regierung, die für eine Zählung die Wildpferde zusammentrieben. Und auch Flugzeuge waren keine Seltenheit, die sofort erkennen würden, dass mit ihm etwas nicht stimmte. Aus diesen Gründen schränkte er seine Besuche bei der Herde auf die Nacht ein, blieb dann auf Abstand von den Familiengruppierungen, während sie schliefen, und verscheuchte Raubtiere, wenn es nötig war.

Renee schenkte ihm ein Lächeln. „Du erinnerst mich an meinen Großvater. Du liebst Pferde."

Er richtete seinen Cowboyhut und sah zum Horizont. „Sie sind mein Leben."

„Ich wünschte, ich hätte ihn mal besucht." Ihre Stimme brach. War sie den Tränen nah? Im Moment bereute er es, dass sie auf Pferderücken saßen, denn so konnte er sie nicht trösten.

„Dass du jetzt hier bist und nach den Pferden siehst, würde ihn freuen."

Für ein paar Minuten blieben sie stehen und genossen die Stille des Canyons, während die Pferde unter ihnen grasten. Die untergehende Sonne zeichnete den Horizont in strahlenden Farben, und die Abendbrise brachte einen staubigen Baumharzgeruch mit sich, so typisch für einen heißen Tag wie heute. Renee trieb Petunia an und Black entspannte sich. Erst jetzt war ihm bewusst geworden, wie ihn diese Stelle noch immer an die Nieren ging.

Er führte die Pferde vom Pfad herunter, einen Hügel hinauf, zu einem Bereich, der von Gelbkiefern und Felsformationen von der Außenwelt abgeschnitten wurde. Hier hatte er als Kind immer gespielt. Als würde Petunia wissen, dass sie am Ziel waren, ging sie in einen Trab über und rüttelte Renee in ihrem Sattel durch. „Wie lange noch, bis wir deinen angepriesenen Zeltplatz erreichen? Langsam hat mein Hintern genug."

Er lachte. „Bereust du es schon, dass du nicht mit deiner Freundin die Flucht ergriffen hast?"

„Ich habe viele irre Dinge gemacht, aber von einem Gebäude springen? Ich verzichte."

„Und denke an die Sache mit dem Gefängnis." Sein Herz konnte sich nicht mit dem Gedanken vereinbaren, sie in einer Zelle zu wissen.

„Oh ja, Gefängnis in Dubai klingt so verlockend. Danke, dass du mir in der Angelegenheit beigestanden hast." Sie grinste ihn an.

„So bin ich. Der Retter in der Not." Er tippte gegen seinen Hut und zeigte dann auf dunkle Umrisse am Horizont. Seine wilden Verwandten waren nicht so scheu wie Gestaltwandler. „Wildpferde."

„Sind sie alle wild hier draußen?"

„Der Großteil. Dein Land grenzt an das Naturschutzgebiet." Er zeigte auf eine Stelle mit

Steinen. „Dort werden wir unser Lager aufschlagen.“ Hier hatte er einige Nächte verbracht.

Sie lenkte Petunia in die angewiesene Richtung. „Wie viel Land gehört zur Ranch?“

„Um die siebzig Hektar. Dein Großvater weigerte sich, sein Land einzuzäunen. Er wollte es für die Wildpferde offen halten.“ Und für die Herde. Er sehnte sich danach, ihr davon zu erzählen. Es ihr zu zeigen. Er fühlte sich auf dem Rücken dieses Wallachs auch wie in einem Gefängnis. Seine Gedanken wanderten zu der Vorstellung, wie es sich anfühlen würde, Renee auf dem Rücken seines Zentauren sitzen zu haben, ihre Brüste an seine nackten Schultern gepresst, während sie sich von hinten an ihn klammerte. Sein menschlicher Körper krabbelte mit dem Bedürfnis, sich zu verwandeln und der Wallach unter ihm tänzelte seitwärts, als würde er die herannahende Verwandlung vorausahnen.

„Na aber.“ Mit seinen Knien übte er Druck aus, um das Tier zu besänftigen. Gleichzeitig bemühte er sich, seine Wandlermagie zu unterdrücken.

Petunia war ohne ihn vorangeschritten, ihr Kopf wackelte im Einklang zu ihren Schritten. Sie war ein fantasieloses Biest, was gut für unerfahrene Reiter war. Gut für ihn war, dass er nun Renees hinreißenden Hintern im Sattel bewundern durfte. Die Stiefel, die bis zum Saum ihrer Caprihose reichten, sahen vollkommen fehl am Platz aus. Natürlich würde er ihr das nicht sagen, nachdem es einen Akt dargestellt hatte, sie davon zu überzeugen, die Stiefel anzuziehen. Ihre sanft geschwungenen Schultern und ihr langer Hals bettelten darum, von ihm geküsst zu werden. Er wollte an ihrer samtweichen Haut knabbern. Vor ihm lag eine Nacht unter den Sternen mit ihr. Den Wallach antreibend holte er auf und passierte sie in einem Galopp. Von hier aus kannte Petunia den Weg.

Neben einer Gelbkiefer stieg er ab, sicherte seinen Wallach an den Ästen und machte sich daran, die Satteltaschen auszupacken. Der Himmel hatte sich violett gefärbt, schwache Lichtstrahlen schafften es durch die Wand aus Salbeisträuchern. Bis Renee ankam, hatte er eine Picknickdecke ausgebreitet und eine Flasche Wein geöffnet.

Er hob die Arme, um ihr vom Pferd zu helfen, fuhr dabei mit einer Hand von ihrem Knie über ihren Schenkel zu ihrer Hüfte. Einen Klaps auf ihren hinreißenden Hintern konnte er sich nicht verwehren. „Deine Haltung ist wirklich gut."

Sie grinste zu ihm herunter. „Wenn du das sagst. Schließlich bist du der Experte."

„Ja, das bin ich." Seine Hand verharrte auf ihrem Hintern und er hielt den Blickkontakt aufrecht, so wie er das bei einem Mitglied der Herde niemals wagen würde. Er liebte es, dass er nicht den Druck verspürte, die Augen abzuwenden. Er musste keine Autoritätskämpfe fürchten. Wenn er ehrlich war, fühlte es sich sogar an, als bettelte sie darum, dass er die Kontrolle an sich riss.

Renee schwang ein Bein über den Sattel und verzog das Gesicht. „Ich erinnere mich nicht, dass mir mein Hintern auf Cookie jemals so wehgetan hatte."

Ihren Arsch auf Augenhöhe vor sich zu haben, verringerte den Platz in seinem Schritt. Länger als es notwendig war, behielt er die Hände auf ihren Hüften, um ihr sicher beim Absitzen zu helfen. In seinen Armen drehte sie sich um und sah mit einem schelmischen Grinsen zu ihm auf. „Hast du ein Hausmittel dagegen? Als Experte?"

Er schob ihr eine Haarsträhne aus der Stirn, folgte mit seinen Fingern dem natürlichen Verlauf ihres

Halses. „Diese Sache musst du wohl aussitzen."

Sie bebte unter seiner Berührung, schloss die Augen und hob einladend ihr Gesicht zu seinem. So gerne er sie auch küssen würde, wusste er es besser – erst sollten sie das Zelt aufbauen. Er hatte kein Interesse daran, dies im Dunkeln zu tun. Zumal er sich mit Renee Zeit nehmen wollte. Sehr viel Zeit.

Federleicht strich er mit den Lippen über ihre. „Kannst du Feuerholz sammeln, während ich unser Lager aufbaue? Danach können wir uns gerne über Hausmittel unterhalten."

Sie öffnete die Augen. Ihre Pupillen nahmen in dem schwindenden Licht den Großteil ihrer Iris ein. Schmollend sagte sie: „Arbeit, nichts als Arbeit."

Er trat zurück. Als sie an ihm vorbeilief, ließ er es sich nicht nehmen, ihr einen weiteren Klaps auf den Arsch zu geben. Belohnt wurde er mit einem Quietschen und sie sprang einen Schritt nach vorn. „Okay, okay, Feuerholz. Ich mach ja schon."

Für einen Moment erlaubte er sich, ihre schwingenden Hüften zu beobachten, bevor er sich Petunia zuwandte, dankbar, dass sie ein normales Pferd und kein Gestaltwandler war.

10

Renee schenkte Black den Rest des Weines aus der Flasche ein. Den ganzen Abend wollte sie ihn schon bespringen, aber er schien es langsam angehen zu wollen. Zunächst wollte er ihre Gesellschaft genießen. Die Vorfreude machte sie nur noch feuchter. Alles, angefangen bei seiner Hand auf ihrem Rücken, als sie sich vorbeugte, um ihren Schlafplatz vorzubereiten, bis zu seinen erregenden Blicken, mit denen er sie in dem schwachen Licht musterte, schickte Hitze zu ihrer Mitte.

Sie hielt das letzte Stück ihres Ziegenkäse-Rucola-Sandwiches hoch. „Wirklich sehr beeindruckend für eine Mahlzeit beim Zelten."

Er betrachtete das Feuer durch sein Weinglas. „Bei meinem Studium zum Tierarzt habe ich mit einem angehenden Koch zusammengewohnt. Ständig hat er merkwürdige Essensreste mitgebracht, und ich war ein hungernder Student. Ich schätze, ich habe eine Vorliebe für die feineren Dinge im Leben entwickelt."

„Du bist Tierarzt?" Zu Beginn hatte sie ihn für einen einfachen Mann mit einem eintönigen Leben gehalten. Mittlerweile erkannte Renee, dass er vielschichtig war. Vielleicht wollte er es deswegen langsam zwischen ihnen angehen.

„Fällt es dir schwer, das zu glauben?" Er zog eine Augenbraue hoch.

„Nein. Also, ja. Ich meine …" Sie leckte sich über die Lippen. „Ich schätze, dass mir noch nie Tierärzte mit einem Cowboyhut in den Sinn gekommen sind. Tierärzte scheinen immer so … arztmäßig, mit einem weißen Kittel, einem Stethoskop und so." Wenn sie ehrlich war, hatte sie noch nie einen Tierarzt kennengelernt. Jedenfalls nicht, dass sie sich erinnerte.

„Ich habe schon einige Stethoskope in Benutzung gehabt. Als schwieriger gestaltet es sich, einen weißen Kittel sauber zu halten, wenn es zu deinen Aufgaben gehört, Ställe auszumisten."

Sie lachte. „Aber du bist auf der Ranch aufgewachsen, richtig?"

„Geboren wurde ich in der Stadt. Meine Mutter ist gestorben, als ich noch ein Baby war und meine Großmutter entschied, mich auf die Ranch zu holen. Seither sehe ich diesen Ort als meine Heimat."

„Ist deine Großmutter noch bei uns?" Bisher hatte sie nur Black, Lori und den Haushälter Emile kennengelernt. Sie wusste jedoch, dass die Ranch ein Dutzend Mitarbeiter beschäftigte, die meisten von ihnen arbeiteten schon seit Jahrzehnten für ihren Großvater.

Black schüttelte den Kopf und senkte den Blick auf seinen Schoß. „Sie starb zeitgleich zu deinem Großvater."

Renees Herz brach für ihn und sie musste sich daran erinnern, tief einzuatmen. Die ganze Zeit hatte sie wegen ihres Großvaters Sympathiepunkte eingesammelt, ohne zu ahnen, dass Blacks Wunde genauso frisch war. Frischer und tiefer, da seine Großmutter einen großen Bestandteil seines Lebens ausgemacht hatte. „Das tut mir leid. Ich hatte ja keine Ahnung."

Er hob den Kopf, ein sanftes Lächeln erhellte seine Gesichtszüge. „Ist dir klar, dass ich mich an dich erinnere? An eine kleine Version von dir?"

„Ehrlich?" Sie suchte in ihren Erinnerungen nach seinem Gesicht. „Warum erinnere ich mich nicht?"

„Ich war ein arroganter Teenager." Er nahm einen Schluck von seinem Wein und zwinkerte ihr zu. „Zu stolz, um sich mit einem achtjährigen Mädchen abzugeben, das ohnehin nur den Kätzchen in der Scheune hinterherjagen wollte."

„Oh!" Sie lachte. „So viel älter als ich kannst du gar nicht sein!"

„In dem Alter sind fünf oder sechs Jahre eine Menge. Nun ist das anders." Auf der Decke, die sie sich teilten, räumte er den Wein aus dem Weg. „Ich habe den Tod deiner Mutter sehr betrauert. Sie war immer gut zu mir."

Renees Augen füllten sich mit Tränen. „Es ist so schnell passiert. Den einen Tag half sie mir noch mit den Hausaufgaben und am nächsten musste ich zu ihrer Beerdigung. Es war verwirrend. Dad hat ihren Krebs immer als Fluch bezeichnet."

„Krebs ist eine fürchterliche Sache." Seine Augen erschienen im Licht des Feuers so sanft.

Sie knirschte mit den Zähnen, als sie sich die bösen Worte ihres Vaters in Erinnerung rief. Seine Anfälle, in denen es immer um Flüche des Teufels ging, auf der Suche nach etwas, für das er den Tod seiner Frau verantwortlich machen konnte. Als ängstliches Kind hatte sie sich auf seine Verschwörungstheorien eingelassen. Mit der Zeit fragte sie sich dann, ob das Schlimme nicht der plötzliche Tod ihrer Mutter gewesen war, sondern das, was der Verlust aus ihrem Vater gemacht hatte. „Glaubst du an das Böse? An das wirkliche Böse?"

Black atmete tief ein und lehnte sich auf der Decke zurück, starrte in den Sternenhimmel. „Nicht in dem Sinne, wie du es meinst. Ich bin jedoch der Überzeugung, dass in allen von uns etwas Böses schlummert."

„Dad meinte, dass der Krebs die Strafe für Großvaters teuflischen Voodoozauber war." Renee musterte Black auf eine Reaktion zu ihren Worten.

Er schnaubte. „Dein Großvater war ein herzensguter Mensch.“

Sie zog die Augenbrauen hoch. „Meintest du nicht eben noch, dass jeder etwas Böses in sich trägt?“

Er drehte den Kopf zu ihr und streckte den Arm wie eine Einladung an sie aus.

Renee bebte, die Erwartung auf das Kommende blubberte direkt an den Ort zwischen ihren Schenkeln. Da er so langsam fortschritt, wollte sie ihn nicht überrumpeln. Noch nicht. Auf Händen und Knien krabbelte sie zu ihm. Sie stoppte und sah ihm erwartungsvoll in die Augen.

Nachdem sie sich neben ihn gesetzt hatte, bedeckte er sie mit einer Decke und legte den Arm beschützend um sie. In einem sanften Ton sagte er: „Also wenn das bei ihm der Fall war, habe ich davon nichts mitbekommen. Er war ein guter Mann. Kann ich dir ein Geheimnis verraten?“

Sie nickte. Sie wollte jedes einzelne dunkle Geheimnis von ihm in Erfahrung bringen. Sicher würden sich dadurch ihre Gefühle für ihn noch mehr festigen, als sie das ohnehin bereits getan hatten.

„Der Schatz deines Großvaters ist Teil der Ranch. Du kannst die beiden nicht voneinander trennen."

Sie bekam Gänsehaut. „Um was handelt es sich?", flüsterte sie.

Seine Hand an ihrer Hüfte spannte sich an. „Die Pferde. Die Pferde sind der Schatz."

Stirnrunzelnd sagte sie: „Ich weiß, dass Großvater seine Pferde geliebt hat, aber wie können sie den vergrabenen Schatz darstellen?"

Blacks Tiefen verdunkelten sich und er ließ von ihr ab. „Ich habe zu viel gesagt. Mehr, als es mir erlaubt ist."

„Erlaubt? Warum darfst du nicht darüber sprechen?"

Er nahm den Blick von ihrem Gesicht und sah in den Sternenhimmel. „Nimm dir das Testament erneut vor. Lies es gründlich. Überstürze den Verkauf der Ranch nicht. Mehr kann ich dir nicht geben."

Was zur Hölle ging an diesem Ort vor sich? Black und sie waren von einer Auseinandersetzung über Schuhe zu glühender Begierde übergegangen und saßen nun mit einer spürbaren Verbindung nebeneinander, die sie sich nicht erklären konnte.

Nicht nach so kurzer Zeit. Und nun hatte sie es auch noch mit einem Geheimnis zu tun, an dem Nancy Drew ihre Freude hätte. Würde ihr Vater recht behalten? Waren Voodoo und Mitternachtszauber die Antwort? „Wenn es etwas Wertvolles auf der Ranch gibt, warum hat er mir das nicht einfach gesagt? Warum hinterließ er mir ein kryptisches Gedicht?"

„In dem Punkt bin ich mir nicht sicher. Ich weiß nur, dass er jedes Lebewesen auf seinem Land wertschätzte. Er wollte, dass sie sich alle sicher fühlen. Das solltest du bedenken, bevor du deine endgültige Entscheidung triffst."

In ihrem Hals formte sich ein Kloß, der ihr das Sprechen erschwerte. Je länger sie hierblieb, desto weniger wollte sie sich von ihrem Erbe trennen. Zumal der Cowboy ein Teil dieses Ortes war. Obwohl sich Black gerade zurückhielt, fühlte sich Renee ihm so nah wie nie. Nähe zuzulassen, fiel ihr seit dem Tod ihrer Mutter leider sehr schwer.

„Ich kann es mir nicht leisten, die Ranch zu behalten."

„Sie wird dich nicht viel kosten", sagte er überzeugt. „Wir sind immer zurechtgekommen."

„Das ist schön, aber ich brauche Geld." Sie schluckte schwer, als sie daran dachte, wie schnell sich der Treuhandfonds ihrer Mutter geleert hatte.

„Bist du in Schwierigkeiten?" Seine Hand drückte ihren Schenkel.

„Nein", sagte sie. „Ich … ich habe nur kein Geld. Die Abenteuer mit Steph sind kostspielig."

Für ein paar Herzschläge musterte er sie, der Feuerschein flackerte auf seinem Gesicht. „Wenn du mich fragst, scheinst du diese Abenteuer nicht mal besonders zu genießen."

Sie errötete. Er kannte sie kaum, dennoch sah er, was tief in ihrer Seele verborgen lag. In letzter Zeit waren die Abenteuer zu einer Bürde geworden. Immer wieder stahl sich der Gedanke in Renees Verstand, dass sie gerne sesshaft werden würde. Die Ranch zu verkaufen, würde ihr einen Puffer von ein paar Jahren geben, aber was dann?

Er legte die Hand auf ihre Schulter und wies sie an, sich auch hinzulegen. Mit der Wange schmiegte sie sich an seine Brust. Er wickelte den Arm um sie und zog sie an sich. „Was machst du eigentlich beruflich?"

Die Frage war ihr peinlich. Sie war fünfundzwanzig Jahre alt und hatte noch keinen Tag in ihrem Leben gearbeitet. Das Geld ihrer Mutter hätte sie für ihr Leben absichern sollen. Auch hätte sie sich damit ein Studium finanzieren können. Oder ein Haus. Was hatte sie stattdessen gemacht? Es für Paragliding, dem Schwimmen mit Haien und nicht zuletzt für das Wettrennen mit Stieren zum Fenster rausgeworfen. Na ja, bei der letzten Sache hatte sie am Ende beides Mal den Schwanz eingezogen. „Gerade bin ich … arbeitslos."

„Und was würdest du gerne machen?" Seine Fingerspitzen tanzten erregend über ihren Rücken und sie musste sich konzentrieren, nicht den Anschluss zu verlieren.

„Ich liebe es, zu kochen." Allerdings blieb ihr dafür bei ihrem Alltag mit Steph nicht viel Zeit. „Ich lese gerne." Dasselbe galt für das Lesen, wenn sie so darüber nachdachte. „Und als Kind habe ich es wirklich genossen, auf dem Rücken eines Pferdes zu sitzen."

Er erstarrte. „Heute nicht?"

Mit den Fingern erkundete sie seine Brust. „Oh, das habe ich. Sehr sogar. Mein Hintern erhebt allerdings Einwände.“

Eine Hand glitt über ihren Rücken zu ihrem Hintern und er sprach die Worte an ihrem Haar: „Du musst deine Muskeln nur wieder daran gewöhnen. Dabei kann ich dir helfen.“

Die Funken in ihrer Mitte entfachten erneut. Die Hitze schien sie ihrer geistreichen Bemerkungen zu berauben. „Das glaube ich dir gern.“

Tief atmete er ein, nahm ihren Geruch in sich auf. „Du riechst köstlich“, sagte er in einem belegten Ton.

„Nach was rieche ich?“ Ihr Blick fixierte sich auf die wachsende Beule in seiner Jeans.

Eine Sekunde später lag sie unter ihm und er stützte sich auf einem Ellbogen ab, blickte ihr in die Augen. „Nach einem Obstgarten im Frühling und heißblütiger Frau.“

Sie schluckte schwer und hob dann die Hand zu seinem stoppeligen Kiefer. „Eine interessante Kombination.“

Seine Hand glitt über ihre Rippen, folgte der Kurve ihrer Hüfte und fand ihr Geschlecht. Scharf sog sie den Atem ein, wölbte sich ihm entgegen. Die Hitze seiner Hand war durch ihre Caprihose zu spüren und sie wurde feuchter und feuchter. Dann schob er den Zeigefinger zwischen ihre Schenkel.

„Ich kann riechen, wenn du mich willst."

„Im Moment?", hauchte sie gedankenverloren, während sie sich seinen Fingern entgegenhob, um den Druck zu erhöhen.

Schließlich senkte er die Lippen auf ihre, blockierte mit seinem Kopf das Licht von den Sternen. Es war kein sanfter oder testender Kuss. Er war fordernd. Hart und zielgerichtet. Renee erschauerte, als er seine Zunge zwischen ihre Lippen schob und sie für sich beanspruchte. Indessen verweilten seine Finger an ihrem Geschlecht, und das Gewicht seines Körpers überwältigte ihre Sinne. Sie wollte es, wollte ihn. Dieses Mal würde sie nicht zulassen, dass er frühzeitig aufhörte. Sie wollte jeden Zentimeter von ihm in sich spüren.

11

Sie streckte die Hände nach seinem Gürtel aus. Gott, sie war schlecht darin. Wann hatte sie eigentlich das letzte Mal Sex? Es spielte keine Rolle. Sie wollte diesen Mann und sie wollte ihn jetzt!

Ihm entrang ein unwiderstehlicher Laut und er ließ ihr wenig Zeit, bevor er eine Hand zwischen sie schob und selbst seinen Gürtel löste. Der Reißverschluss glitt nach unten und ihre Finger fanden die Öffnung. Schnell lokalisierte sie die Eichel seines Schwanzes. Er stöhnte und knabberte an ihrer Unterlippe. Seine Bauchmuskeln spannten sich an, als er seine Jeans auf seine Schenkel schob.

Er presste sich an sie und seine harte Länge drohte, durch den Stoff ihrer Caprihose zu brechen. Mit einer Hand in ihrem Nacken blieb ihm die andere, um sie damit an sich zu drücken. Seine Zunge verwöhnte ihren Mund und katapultierte den Kuss in ungeahnte Höhen. Dann wanderte seine Hand über ihre Rippen nach oben, zog das Tanktop mit sich. Instinktiv hob sie die Arme, sodass er ihr das Oberteil über den Kopf ziehen konnte. Er warf es in die Dunkelheit und wandte sich wieder ihr zu, küsste sie, während er sich an den Verschluss ihres BHs machte.

Kühle Nachtluft wehte über ihre Nippel, gefolgt von der feuchten Hitze seines Mundes. Innerhalb eines Atemzuges hatte er ihre Caprihose geöffnet und befreite sie von ihr. Mit den Füßen trat sie das Kleidungsstück von sich. Dann lag sie nackt vor ihm, liebkost vom Schein des Feuers, mit ihm auf den Knien zwischen ihren Beinen. Er ließ den Blick über sie schweifen, seine riesige Erektion vor ihren Augen entblößt. Ansonsten trug er noch alle seine Klamotten. Diese Beobachtung fühlte sich an diesem wundervollen, erregenden Abend falsch an. Renee erhob sich, kniete sich vor ihm hin und hob sein T-Shirt höher, strich dabei mit der flachen Hand über seine beeindruckenden Muskeln. Nach einer Weile verlor er die Geduld, griff den Saum seines T-Shirts und warf es zu den anderen Kleidungsstücken.

Er packte sie und führte sie zurück auf die Decke. Sie schlang die Beine um seine Hüfte und zog ihn zu sich. Sein Mund fand den ihren, und er küsste sie so leidenschaftlich, dass es ihr den Atem raubte. Er rotierte mit den Hüften, erwischte mit der Unterseite seiner Länge eine Stelle, die ihr ein Stöhnen entlockte. Sie merkte, wie feucht sie war und wie er sich mit dem Beweis ihrer Erregung bedeckte.

Ihr Körper bebte, sie wimmerte. Mit einer Hand umfasste er ihre Handgelenke und drückte sie über ihrem Kopf auf die Decke. Knabbernd und küssend bahnte er sich einen Weg über ihren Hals und ihre Schulter. Gott, er war so fordernd und das gefiel ihr.

Die verglimmenden Kohlen ließen die Schatten vervielfältigen. Black stützte sich mit der freien Hand ab und erlaubte ihr, seinen Körper zu betrachten. Er war prachtvoll. Und so stark. Seine Brust hob und senkte sich mit seinen beschleunigten Atemzügen, die Leidenschaft für sie in seinen Augen zu erkennen. Schattige Täler führten an hohen Bergen vorbei, sein Körper ein wahres Kunstwerk. In seinen Tiefen wütete ein Feuer. Er ließ seinen Blick wandern, landete auf ihren Lippen, glitt über ihren Hals zu den harten Nippeln ihrer Brüste.

Indessen hatte sich seine Eichel an ihrem Eingang positioniert, drückte gerade hart genug dagegen, um sie zu necken, ihre sexuelle Vorfreude auf seinen Schwanz zu steigern.

Sie murmelte etwas Unmissverständliches, wölbte sich und versuchte, ihn in sich aufzunehmen.

Quälend langsam drang er in sie ein, Millimeter für Millimeter dehnte er sie.

„Nimm mich. Hart", wimmerte sie. Zum Schreien war sie zu atemlos.

Die erregenden Laute, die er von sich gab, nahmen zu und dann stieß er in sie, vergrub sich in ihrer Hitze. Sie hob sich ihm entgegen, gierte nach dem zweiten Stoß.

Er hielt still, ihre Handgelenke noch immer über ihrem Kopf eingeschränkt. Sie wand sich unter ihm, zappelte und trieb sich damit beinahe in den Wahnsinn. Als sie ihm in die Augen blickte, entdeckte sie ein schiefes Grinsen auf seinen Lippen. Der ungezogene Cowboy neckte sie, folterte sie. Und sie liebte es. Liebte es, seiner Gnade überlassen zu sein.

„Mehr", hauchte sie.

Er zog sich zurück, nur um sich erneut gemächlich in ihr zu verlieren. Eine andere Art der Folter, eine andere Art von Vergnügen. „Sag mir, was du willst."

„Dich. Bitte. Alles von dir. Gib mir alles, was du hast!"

Black stieß zu, drang tief und hart in sie, und sie schrie ihre Lust hinaus. Oh Gott, einfach perfekt, dachte sie. Es fühlte sich so richtig an. So wundervoll, wie er sich aus ihr zurückzog und sie dann erneut dehnte. Bei jedem Stoß rieb er mit dem Schambein über ihre Klitoris, immer und immer wieder füllte er sie. Es dauerte nicht lange, bis sich ein Kribbeln in ihr ausbreitete, das sie seit Jahren nicht mehr gespürt hatte.

Er ließ von ihren Handgelenken ab und senkte sich vollständig auf sie herunter. Haut an Haut, ihr Bauch an seinem. Seine harten Muskeln strichen über ihre samtweiche Haut und die Reibung führte zu einer neuen Ebene aus Empfindungen. Hatte sich Sex jemals so angefühlt? Begleitet von diesem verzweifelten Bedürfnis, härter und tiefer genommen zu werden? Ihn in sich aufzunehmen, Körper und Geist.

In ihrer Brust entfachte etwas, strahlte nach außen, breitete sich wellenartig in ihr aus. Sie konnte es sich nicht erklären. Das Gefühl war einzigartig. Jede Zelle in ihrem Körper erwachte gleichzeitig zum Leben, mit jedem Stoß gewann die Welle in ihr an Höhe.

Er spreizte ihre Beine weiter auseinander, stieß hart in sie. *Nicht mehr lange.* Die Welle erreichte ihren Höhepunkt und Renee verlor jegliche Kontrolle über ihren Körper. Sie schrie, krallte sich an seinen Haaren fest.

Die Vibrationen in seiner Kehle brachen in etwas Ungezähmtes und Wildes aus. Bei dem Laut zuckte ihr Geschlecht, ihr Orgasmus jagte durch ihren Körper und führte zu einer explosiven Ekstase, bei der sie beinahe das Bewusstsein verloren hätte. Black schmiegte sein Gesicht an ihren Hals, seine Zähne kratzten über ihre Haut. Indessen stieß er weiterhin in sie. Er nahm sie hart, seine Muskeln angespannt. Als er sich in ihr ergoss, folgte sie ihm in einen erneuten Höhepunkt. Er warf den Kopf in den Nacken, füllte sie mit einer ungeahnten Begierde, die an Schmerz grenzte.

Schließlich brach er auf ihr zusammen, sein Schwanz pulsierend in ihrer Pussy, die ihn noch immer massierte. Mit der Stirn an ihrer wickelte er die Arme um sie. „Was ist hier gerade passiert?", fragte er erstaunt.

Sie versuchte, zu Atem zu kommen. „Hattest du noch nie einen Orgasmus?"

Um ihr in die Augen sehen zu können, hob er den Kopf. „Willst du mir damit sagen, dass es sich für dich immer so anfühlt?"

Könnte ihre erhitzte Haut ein noch dunkleres Rot annehmen, würde sie es tun. Sie musste jedoch zugeben, dass er recht hatte. Es war nicht möglich, dass sich zwei Menschen noch näher kamen, an den Hüften verbunden, mit ihm tief in ihr. Dennoch fühlte es sich nach so viel mehr an. Es fühlte sich an, als hätten sich ihre Seelen kennengelernt.

Black rollte von ihr herunter und nahm sie mit sich. Sie kuschelte sich an seinen warmen Körper, überrascht, wie schnell sich ihre Haut ohne ihn abgekühlt hatte. „Nein. Ich ... ich weiß, dass ich oft große Reden schwinge, aber ich springe nicht einfach mit jedem Mann ins Bett. Was wir gerade getan haben, was wir geteilt haben, war ... Ich weiß nicht, wie ich es beschreiben soll. Es hat sich bedeutsam angefühlt."

„Es ist nicht fair", sagte er. Sein Herz pochte unter ihrer Wange.

„Was meinst du?"

Er schluckte schwer. „Beziehungen."

Renee setzte sich auf, ihr Herzschlag im Einklang mit seinem. Eine Beziehung? Befanden sie sich in einer Beziehung? Wenn sie ehrlich war, hatte sie sich noch nie in ihrem Leben so verletzlich gefühlt. Ihre Flirtversuche hatten sich in etwas Ernstes verwandelt. Ernster, als sie es sich jemals hatte vorstellen können. Mit ihm gierte sie nach mehr als Sex. Sie hatten eine Verbindung, die tiefer reichte. Seine Berührung ließ sie lebendig fühlen. Bei ihm lebte sie nicht nur im Schatten einer anderen Person, auf eine Anweisung wartend. Mit ihm fühlte sie sich besonders und selbstbewusst. Er verstand das Bedürfnis, dazu gehören zu wollen. Und er erwartete nicht, dass sie sich verstellte, nur um gemocht zu werden.

Mit einem Mal verflüchtigte sich ihr Selbstvertrauen unter seiner Musterung und sie legte einen Arm über ihre nackten Brüste. *Reiß dich zusammen, Renee. Schließlich hat er das L-Wort nicht benutzt.* Aber wie sollte sie antworten?

Bevor sie sprechen konnte, sprang er auf die Füße. Seine Aufmerksamkeit schien sich auf einen Punkt außerhalb ihres Zeltlagers zu richten, als hätte er etwas gehört.

„Was ist los?", fragte sie.

Dann schnitt der Schrei einer Frau durch die Nacht.

Sofort sprang Black auf die Füße. Er hatte die Nervosität der Pferde wahrgenommen, hatte aber versucht, es zu ignorieren. Nun würde er sich am liebsten in den Hintern treten. Er hatte sich in bewusstseinserweiterndem Sex verloren und war unvorsichtig geworden. Ruckartig half er Renee hoch.

Sie presste sich an ihn, ihr süßer Duft vermischte sich mit der Nachtluft. Ihre Stimme bebte. „War das eine Frau?"

„Puma." Um sie zu beruhigen, drückte er sie kurz an sich, bevor er sie losließ und sich daran machte, das Feuer wieder in Gang zu bringen. „Dem Feuer wird das Tier fernbleiben."

Renee begab sich auf die Suche nach ihren Klamotten, zog sich hastig das Tanktop über den Kopf. Indessen wühlte Black durch seine Ausrüstung und zog für den Fall eine 45er heraus. Bisher hatte er die Waffe nur einmal benutzen müssen, um einen Bären zu verscheuchen, der sich der Scheune genähert hatte. „Ich sollte die Pferde zu uns holen."

Als er nach seiner Jeans griff, war verzweifeltes Wimmern von der wilden Herde zu hören. Der unverwechselbare Schrei eines Fohlens schickte einen Angstschauer durch Black. *Nein!* Ob es die Wandlerherde oder die Wildpferde waren, spielte keine Rolle. Sein Instinkt sagte ihm, dass es jemanden zu beschützen gab und er handeln musste.

Er wollte Renee die Waffe geben. „Weißt du, wie man die benutzt?"

Sie starrte die Waffe an, als handle es sich um einen bissigen Hund. „N-Nein."

Noch immer mit der Pistole in der Hand wandte er sich den Schreien der Herde zu. Sein Zentaur streckte sich, testete seine Kontrolle, wollte herausgelassen werden. Er legte eine Hand auf Renees Schulter, drehte sie zu dem Feuer und überlegte, ob er die Waffe bei ihr lassen sollte. Lieber nicht. Eine Waffe in ungeschulten Händen konnte viel Schaden anrichten. „Hier bist du sicher. Sorge dafür, dass die Flamme immer brennt. Ich bin gleich zurück."

„Warte! Du willst nackt nachsehen, was los ist?"

Der Drang, sich zu verwandeln, ließ ihn unkontrolliert beben. Über seine Schulter rief er: „Mach dir keine Sorgen um mich!"

Rennend brachte er Abstand zwischen sich und Renee. Er hielt die Verwandlung zurück, bis er aus dem Schein des Feuers trat. Er konnte nicht zulassen, dass Renee ihn sah. Nicht nur, weil Lori es verboten hatte, sondern auch, weil er noch nicht bereit war, sein Geheimnis vor ihr zu offenbaren. Sie würde ihn für ein Monster halten.

Der Puma kreischte, doch der Laut verebbte, als es seine Beute in den Fokus nahm. Blacks Verwandlung ergriff Besitz von seinen Muskeln und seinen Knochen, teilte seine Beine und seine Wirbelsäule verlängerte sich. Er hielt nur lange genug inne, um sein Gleichgewicht zu finden, bevor er über die vom Mond beleuchteten Salbeisträucher sprang, seine Hufe donnerten über den ausgetrockneten Boden. Sein Blut kochte mit dem Bedürfnis, seinen Schutz anzubieten. Er erlaubte seinen Ohren, ihn zu leiten. Der Puma war verstummt. Das war nicht gut.

Auf dem Weg zum Punkt der unnatürlichen Stille sah er die Umrisse von mehreren Pferden. Millies vertraute Form definierte sich durch eine niedergeschlagene Haltung, während sie sich mutig der Dunkelheit stellte. Er nahm an, dass die kleine Gruppe aus Pferden entfernte Cousins und Cousinen von ihm war. Wenn er gewusst hätte, dass es sich um Wandler handelte, hätte er sein Lager nicht so nah errichtet.

Millie wieherte in seine Richtung, bat wortlos um Hilfe. Er erreichte sie und ließ den Blick über die Gruppe schweifen. Millies Baby war nirgendwo zu sehen. „Wo ist Ivy-Jane?"

Die Stute wieherte erneut, und schlug mit den Vorderhufen immer wieder nervös auf die Erde. Wenn es als Mensch nicht zu gefährlich wäre, hätte sie sich wahrscheinlich verwandelt. Allerdings war ein nackter Mensch genauso schmackhaft für einen Puma wie ein hilfloses Fohlen. Er unterdrückte den Gedanken an Renee, die ganz allein am Zelt auf ihn wartete. Das Feuer würde sie beschützen. Im Moment musste er sehen, dass er Ivy-Jane fand. Wie war es passiert, dass sich das Fohlen von der Mutter getrennt hatte?

Mit der Waffe in seiner rechten Hand verfügte er über einen zusätzlichen Schutz. Sein Zentaurenblut kommandierte jede Zelle in seinem Körper, erlaubte ihm schärfere Sinne, als er die Nacht durchstreifte.

Ein verängstigtes Quietschen ertönte. Aus der Richtung des Zeltes. Er musste auf dem Weg zur Herde an Ivy-Jane vorbeigekommen sein. Er sprang über einen Busch, ritt auf die Laute zu und fügte zu den Geräuschen der Nacht seine eigene Stimme hinzu, in der Hoffnung, damit das Raubtier in die Flucht zu schlagen. „Ivy-Jane!"

Er musste dem Fohlen nah sein, denn seine Hilfeschreie wurden lauter. Das wilde Rascheln von Ästen zu seiner Rechten stoppte, als er herantrat. Gleich neben den Felsen hatte sich das kleine Fohlen in einer Matte aus Büschen verheddert. Auf einem riesigen Felsvorsprung entdeckte Black glühende Augen und im Licht des Mondes sah er, dass es sich tatsächlich um einen Puma handelte. Er hob die Waffe, hatte jedoch Schwierigkeiten in der Dunkelheit sein Ziel auszumachen.

In dem Moment tauchte hinter dem Felsen eine Flamme auf.

Mit einer improvisierten Fackel hoch über ihrem Kopf lief Renee unterhalb des Pumas entlang, ohne das Raubtier zu bemerken. Sofort schwenkte es seine Aufmerksamkeit zu der hilflosen Frau und Blacks Herz setzte einen Schlag aus. „Renee, pass auf!"

Sie drehte sich zum Felsen, ihr Gesicht im flackernden Licht gezeichnet von Todesangst. Ein Schrei so beeindruckend wie der eines Pumas entrang ihrer Kehle und sogleich hob sie die Fackel dem aggressiven Tier entgegen.

Die Katze zuckte zurück, abwehrend hob sie eine Tatze. Dann wirbelte das Tier herum, sprang vom Felsen und verschwand in die Nacht.

Blacks Beschützerinstinkt trieb ihn an. Ohne nachzudenken, trat er an Renees Seite. „Geht es dir gut? Ich habe dir doch gesagt, dass du beim Feuer bleiben sollst!"

Sie stolperte ein paar Schritte zurück, starrte ihn aus weit aufgerissenen Augen an. Ihre Lippen formten einen perfekten Kreis, als sie entsetzt den Blick über seine Brust und den Rest seines Pferdekörpers schweifen ließ.

Seine Haut fühlte sich heiß an, als ihm bewusst wurde, was sie sah. Ein Monster. Ihn als Monster. Zähneknirschend unterdrückte Black seine Emotionen. Nun war es zu spät. Schon bald müsste er sich mit den Folgen auseinandersetzen. Im Moment jedoch musste er Renee und Ivy-Jane vor den scharfen Zähnen eines Pumas bewahren. Er drückte Renee die Waffe in die Hand. „Pass auf die Pistole auf." Dann arbeitete er sich durch die dünnen Äste, die das Fohlen in ihrer Gewalt hatten. Wurzeln knackten, Laub raschelte. „Alles ist okay, mein Kleines. Ich bin ja hier. Alles ist gut."

Er erreichte das Jungtier und kniete sich hin, um die Arme unter den Bauch des Fohlens zu schieben. Er schaffte es, die langen Beine von Ivy-Jane von den habgierigen Ästen zu befreien. Rückwärts entfernte er sich aus den Büschen und Sträuchern. Erleichtert stellte er fest, dass sich Renee in der Zwischenzeit keinen Millimeter vom Fleck bewegt hatte. Ihre Fackel jedoch würde nicht mehr lange durchhalten. Er setzte Ivy-Jane ab, doch das Fohlen wieherte vor Schmerzen und brach zusammen.

Black drehte sich der Magen um. „Es kann sein, dass sie ein gebrochenes Bein hat."

„Was sollen wir jetzt tun?" Renees Stimme brach, ihre Augen auf das Fohlen gerichtet. Zumindest schien sie nicht vollkommen die Fassung zu verlieren.

Er musste beide zum Lagerfeuer bringen, bevor der Puma seinen Mut zurückgewann. Am schnellsten würde er sein Ziel erreichen, wenn er sie trug. Er kniete sich hin, um das Fohlen in seine Arme zu heben, und warf dann einen Blick auf Renee. Es wäre das erste Mal, dass jemand auf ihm ritt. So kompliziert konnte das ja nicht sein. „Aufsteigen."

Sogar in der Dunkelheit konnte er ihren geschockten Ausdruck wahrnehmen. „W-Was?"

„Der Puma kommt vielleicht zurück und ich habe zwei mögliche Mahlzeiten in meiner Obhut. Und jetzt steig auf."

Kurzzeitig schien sie unentschlossen. Dann ließ sie ihre Fackel fallen und stampfte darauf herum, um das Feuer endgültig zu löschen. Mit der Waffe in der rechten Hand nutzte sie ihre Linke, stützte sich auf seiner Schulter ab und schwang ein Bein über seinen Pferderücken. Als sie ihr Gewicht auf ihn absenkte, schoss ein Lustschauer durch seinen Körper. Dafür hatte er jetzt aber keine Zeit.

„Fertig?", fragte er.

Er fühlte, wie sie nickte, und erhob sich aus seiner knienden Position.

13

Renee krallte sich an Blacks Schultern und konzentrierte sich auf den Mann vor ihr und nicht auf den Pferdekörper unter ihr. Was war er? Sie dachte zurück an das Jahr, in dem sie in der Highschool über griechische Mythologie gesprochen hatten. Ein Satyr? Nein, sie dachte, sich zu erinnern, dass ein Satyr ein Ziegenmann war. *Zentaur.* Ja, genau! Sie presste die Knie gegen seine Flanken und so trotteten sie zum Lager. Der Ritt war weniger holprig als auf Petunia, und sie wusste nicht, ob es daran lag, dass er sich für sie zurücknahm, oder ob Zentauren einen geschmeidigeren Gang hatten.

Zentaur. Wie war das überhaupt möglich? Sie kam nicht umhin, sich zu fragen, ob er sie vielleicht unter Droge gesetzt hatte. Es musste sich einfach um eine

Halluzination handeln. Aber die Schultern unter ihren Händen, ganz zu schweigen von den muskulösen Flanken zwischen ihren Beinen, fühlten sich echt an.

Apropros, zwischen ihren Beinen. Sie hatte gerade erst Sex mit diesem Mann gehabt, mit dieser Kreatur. Einem Mann, dessen Alter Ego ein Hengst darstellte. Und wie war es möglich, dass er eben noch ein Mann gewesen war und jetzt als Zentaur durch die Welt galoppierte?

Sie erreichten das Zelt und Black legte das Fohlen neben dem Lagerfeuer ab. Das Jungtier rollte sich zusammen und schloss die Augen. Es war erschöpft. Wieder kniete sich Black hin, sein Kopf senkte sich, und er wartete geduldig, dass Renee abstieg. Sie rutschte von seinem Rücken und trotz ihrer widersprüchlichen Gedanken zögerte sie, den Kontakt mit seinem Körper zu unterbrechen.

Black ist kein Mensch. Diese Erkenntnis ließ ihre Knie beben. Oh ja, diese beeindruckende Kreatur vor ihr war echt.

Sie konnte es sich nicht erklären, aber sie mochte Black. Er war sexy. Bei ihm fühlte sie sich sicher und na ja … er war wirklich gut im Bett. Vollkommen überfordert mit der Situation sagte sie: „Äh, die letzten Stunden waren ziemlich … ereignisreich."

Seine Brust hob und senkte sich von dem Kraftakt, sie beide getragen zu haben, und er presste zwischen den Zähnen heraus: „Wieso hast du nicht am Feuer gewartet, wie ich es dir gesagt habe?"

„Unsere Pferde haben sich losgerissen." Sie zeigte in die Dunkelheit, ihr Herz raste, als sie sich daran erinnerte, wie sich die donnernden Hufschläge vom Lager entfernt hatten. „Sie hätten mich beinahe umgerannt. Und dann habe ich, wie es sich nun herausgestellt hat, Ivy-Janes verzweifelten Schrei gehört. Du meintest doch, dass Pumas Feuer verabscheuen. Ich dachte also, dass ich das Tier vielleicht verscheuchen kann, um zu retten, was zu dem Zeitpunkt nach einem Baby geklungen hatte."

Er erhob sich aus seiner knienden Position, scharrte mit einem Huf durch den Dreck. Mit seinen Augen intensiv auf sie gerichtet, sagte er: „Du hättest sterben können."

Ihr Blut pumpte in Höchstgeschwindigkeit durch ihre Venen und sie drückte entschlossen die Schultern durch. Was erlaubte er sich, wütend auf sie zu sein? „Ich habe mir Sorgen um dich gemacht!

Ganz allein bist du in die Dunkelheit gerannt! Woher hätte ich denn bitte ahnen sollen, dass du eine geheime Superkraft hast?"

Er erstarrte, sein Mundwinkel zuckte, als würde er gegen ein Lächeln ankämpfen. „Geheime Superkraft?"

Mit wilden Bewegungen wies sie auf seine untere Hälfte. „Wie würdest du es sonst nennen? Ich wusste nicht mal, dass Zentaur-Pferdewandler existieren! Von Werwölfen habe ich gehört, ja, aber von Werpferden hatte ich bis heute keine Ahnung. Ist es das, was du bist?"

Belustigt betrachtete er sie, sein Mund jetzt weniger angespannt. „Nicht direkt. Es gibt allerdings Pferdewandler. Und eigentlich hätte ich dir davon nichts erzählen dürfen."

„Na ja, das hast du ja auch nicht." Wieder verwies sie mit einer Handbewegung auf das Offensichtliche. Schließlich hatte sie Augen im Kopf.

Black entließ ein resigniertes Lachen.

Ihre Verärgerung löste sich ein wenig auf. Sein Lachen war sexy. „Gibt es mehr von deiner Art?"

Er presste die Lippen fest aufeinander und wandte den Blick ab.

Richtig, er meinte, dass er nicht darüber reden darf. Warum nicht? Sie ließ das Thema fallen. Was wusste sie schon über Magie oder was auch immer sich hier zutrug? Vielleicht verwandelte er sich in Asche, wenn er darüber sprach. Sie lenkte ihre Aufmerksamkeit auf das erschöpfte Fohlen. „Wie geht es Ivy-Jane?"

„Ich weiß es nicht." Unbehaglich verlagerte er sein Gewicht von einem Vorderhuf auf den anderen.

„Bist du nicht ein Tierarzt?"

„Ich muss sie aus der Nähe untersuchen, um ein Urteil abzugeben. In meiner derzeitigen Form ist das nicht so einfach."

Verwirrt runzelte sie die Stirn. „Kannst du dich nicht zurückverwandeln?"

„Das … kann ich. Ich … also, ich verwandle mich nicht vor anderen. Nicht mal vor meiner Herde."

„Oh." Sie konnte es sich nicht erklären, aber das verletzte sie. Schließlich hatten sie gerade erst einen leidenschaftlichen Moment miteinander geteilt. So intensiv wie noch nie in ihrem Leben, und jetzt wollte er ihr diesen Teil von sich nicht zeigen? „Ich kann mich umdrehen.“

Sie drehte ihm ihren Rücken zu, verschränkte die Arme und starrte in die Dunkelheit, während ihr Herz bei dem Gedanken schmerzte, dass er sie ausschloss. Das sollte ihr egal sein. Es war nur Sex, richtig? Jedoch hatte sie gedacht, dass Black sich für sie geöffnet hatte, und im gleichen Atemzug hatte auch sie sich verletzlich gemacht. Ihr Kopf sagte ihr, die Sache einfach zu ignorieren, aber ihr Herz wollte sich an ihm festkrallen, als wäre er ihr … schicksalhafter Gefährte einer anderen Spezies. War das überhaupt erlaubt? Er war kein Mensch. Konnte eine Beziehung zwischen ihnen funktionieren? Ihre Vagina schien das zu denken. *Dämliche Vagina.*

Eine warme Hand legte sich auf ihre Schulter. Sie drehte sich zu ihm um. Er hatte noch immer seine vier Beine, ragte über ihr mit diesem prachtvollen, schweißbedeckten Oberkörper, der im Schein des Feuers verführerisch glitzerte. Sie leckte sich über die Lippen, ihre eigene Brust schmerzte bei der nervösen Energie, von der sie gerade dominiert wurde. „Wolltest du dich nicht … verwandeln?“

Plötzlich war sie von Staub und einem elektrisierenden Nebel umgeben. Ihre Augen brannten, ihre Haut kribbelte. Zum Schutz hob sie die Hand. Durch ihr verschwommenes Sichtfeld schrumpfte Blacks Zentaur zu seiner Menschengestalt zusammen. Sie rieb sich die Augen und sah dann einen nackten Black. Er stand direkt vor ihr, in seinen Tiefen spiegelten sich die Flammen des Lagerfeuers wider.

Die Schutzmauer um ihr Herz bröckelte. Er hatte sie doch reingelassen, hatte ihr gezeigt, was er sonst niemandem zeigte – nicht mal seinen eigenen Leuten. Das machte sie so unfassbar glücklich, dass sie am liebsten lachen würde. Oder weinen. Sie wollte ihre Freude herausbrüllen und gleichzeitig mit den Fäusten gegen seine Brust boxen. Verletzlichkeit machte sich in ihr breit, denn noch nie hatte sie sich jemandem so verbunden gefühlt.

Black wandte sich ab, seine Aufmerksamkeit galt nun dem verletzten Fohlen. Ihr Blick verharrte auf seinem nackten Rücken. Bei der Untersuchung des Jungtieres sah er so selbstbewusst, so einflussreich und so wunderschön aus. Es wäre einfach, sich einzureden, dass sie sich den Zentauren nur eingebildet hatte. Wie konnte, was sie gesehen hatte, wahr sein? Es war nur mit Magie zu erklären, und daran hatte sie noch nie geglaubt. Wenn sie ehrlich war, hatte sie es immer abgelehnt. Etwas, das sie auf die Hassreden ihres Vaters zurückführte.

Alles, was sie über diese Welt wusste, fiel in sich zusammen. Völlig aus der Bahn geworfen, lief Renee zum Lagerfeuer. Vielleicht wäre sie in der Lage, Black mit dem Fohlen zu helfen? Der Laut von herannahenden Hufen war in der Dunkelheit zu hören. Als Stille einkehrte, traten zwei Personen ins Licht. Zuerst fiel ihr Blick auf einen älteren Mann mit tiefsitzenden, mitternachtsblauen Augen und Tattoos auf seinen Armen. Neben ihm stand Lori, ihre blonden Haare zerzaust, als hätte sie eine Fahrt in einem Cabrio hinter sich. Beide waren splitterfasernackt.

Renees Augen sprangen von Black zu den Neuankömmlingen und zurück. Bedeutete das, dass Lori auch ein Zentaur war? Wie viele von ihnen gab es?

Black erhob sich und lief zu Lori. „Ich habe es ihr nicht erzählt."

Die Blondine lächelte und schüttelte den Kopf, hob eine Hand, scheinbar, um ihn zu beruhigen. „Natürlich nicht, Black. Dennoch ist die Katze jetzt aus dem Sack."

So gelassen wie möglich schob sich Black zwischen sie und die Besucher. „Ihr Großvater wusste es und hat unser Geheimnis bewahrt. Gib ihr eine Chance."

Renee erhob das Wort: „Mein Großvater wusste es? Können sich alle auf dieser Ranch in Zentauren verwandeln?"

Lori gluckste, ihre straffen Brüste bebten. „Natürlich nicht, Süße. Nur Black wurde mit diesem Defekt gestraft. Wir anderen sind durch und durch reinrassig."

„Defekt?" Renees Kopf drehte sich. „Ich finde, er sah prachtvoll aus."

Blacks Blick blieb auf Lori und dem anderen Mann haften. „Darüber können wir uns später unterhalten. Ivy-Jane ist verletzt. Ich muss sie zur Scheune bringen, wo ich mich besser um ihre Verletzungen kümmern kann."

„Dann geh. Nur die Stärksten überleben, wie man so schön sagt." Loris Augen jedoch betrachteten nicht Black oder das Fohlen. Die Frau starrte Renee an.

Die Härchen in Renees Nacken richteten sich auf.

Der Mann trat würdevoll in den Kreis des Feuers. Etwas an ihm erinnerte Renee an Black. In seinen

Augen war ein Glühen zu erkennen, was es eindeutiger machte, dass diese Leute nicht menschlich waren. Seine Stimme war tief, klang schroff, seine Nasenflügel bebten. „Ich kann den Menschen für dich tragen, Black."

Hinter ihm machte Lori keinen Hehl daraus, was sie von dem Angebot hielt: Sie verzog das Gesicht zu einer Grimasse. Im Bruchteil einer Sekunde hatte sie wieder ein Grinsen aufgelegt. „Ich wusste doch, dass ich dich noch zu einem Reittier mache, Saul. Dann geht mal."

Blacks Kiefer spannte sich an, und Renee errötete, als sie sich an Loris Angebot erinnerte, einen Hengst für sie zu satteln. „Das ist Saul? Der Hengst, von dem du nicht wolltest, dass ich ihn reite?"

Mit einem entschuldigenden Blick zu ihr sagte Black: „Saul ist mein Onkel. Er wird sich gut um dich kümmern."

Renee zog die Augenbrauen hoch. „Vor wenigen Stunden warst du noch ganz anderer Meinung."

„Die Situation hat sich verändert", grummelte Black.

„Inwiefern?"

Saul verschränkte die Arme, das orangefarbene Licht ließ seine Muskeln noch bedrohlicher wirken. Der Kerl war breit wie ein Kühlschrank. „Na ja, du riechst nach Sex. Nach Sex mit meinem Neffen. Mein Interesse hält sich also in Grenzen."

Entsetzen zeigte sich auf Renees Gesicht. Zum einen, da sie nach Sex stank. Zum anderen wurde deutlich, dass die Schwingungen hier merkwürdig waren. Warum hatte Lori ihr angeboten, Saul zu satteln? „Habe ich bei dieser Sache etwas zu melden?"

Lori spitzte die Lippen. „Falls du nicht zurückbleiben und dich dem Puma allein stellen willst, Süße, schlage ich vor, dass du dich von einem willigen Hengst nachhause bringen lässt."

Renees Herz pochte so wild, dass es drohte, ihr aus dem Brustkorb zu springen. Lori machte sie nervös. Allerdings klang es auch nicht gerade entspannend, einen fremden Pferdewandler zu reiten. Was sollte sie tun? Ihre normalen Pferde waren geflüchtet und sie hatte keine Ahnung, wie sie im Dunkeln allein zur Ranch finden sollte. „Kann Ivy-Jane bis morgen warten?"

Black schüttelte den Kopf. „Sie muss schnellstmöglich behandelt werden."

Ein Blick auf das Fohlen bewies, dass er recht hatte.

Trotz des Feuers und der relativ warmen Nacht zitterten die graubraunen Beine des Fohlens. Renee atmete tief ein. „Na gut, Saul. Dann zeig mal, was du zu bieten hast."

14

Nachdem Renee vor der Scheune abgesetzt worden war, wurde sie schnell zur Nebensache. Verständlicherweise, denn das Fohlen war verletzt. Sie entschied, sich für eine Weile in ihr Zimmer zurückzuziehen. Sie musste nachdenken. Weit weg von den Pumas, den dröhnenden Lauten der Hufe und den magischen Kreaturen, die sich nicht mal ein kleines Mädchen hätte erträumen können.

Im Licht der Morgensonne stolperte Renee aus dem Haus, einen Thermobecher gefüllt mit Kaffee in der einen Hand und ihrem Handy in der anderen. Ihre Schenkelinnenseiten schmerzten. Sie war ans Reiten nicht mehr gewöhnt. Beide … Varianten hatten ihre Spuren hinterlassen. Der Hof lag still vor ihr.

Feuchte, reinigende Luft war hereingebrochen und die Anspannung der letzten Nacht hatte sich gelöst.

Auf dem Weg zur Scheune knirschte unter ihren ausgeliehenen Stiefeln der Kies. Verzweifelt sehnte sie sich danach, Black zu sehen, und nicht nur, um ihn mit Fragen zu bombardieren. Sie hatte Angst vor ihm, aber nicht aus dem Grund, den viele vielleicht denken würden. Zentauren und Gestaltwandler? Die waren supercool. Ihre Angst rührte aus ihrem tiefsten Inneren. Black gehörte nicht zu dem Schlag Mann, mit denen sie es bisher zu tun gehabt hatte. Stephs Bekannte hatten immer Hintergedanken, spielten Spielchen. Black verstand, was der Verlust ihres Großvaters für sie bedeutete. Sie hatte sogar das Gefühl, dass sie etwas Besonderes miteinander teilten. Etwas Einzigartiges. Die Liebe war eigentlich immer ein Nervenkitzel gewesen, den sie um alles in der Welt gemieden hatte. Nun war sie hier und fürchtete, beim nächsten Schritt zu fallen.

Black aber war eine mythische Kreatur. Funktionierte sein Verstand wie bei einem Menschen? Sie hatte in die Suchmaschine Zentauren und Gestaltwandler eingegeben. Jedenfalls hatte sie es versucht, sich zu informieren. Leider war das Netz lückenhaft und die aufgerufenen Seiten wollten einfach nicht laden. Ihr Großvater hatte keinen Computer besessen, ganz zu schweigen von WLAN.

Black schien zu denken, dass er ein abscheuliches Monster sei. Renee hingegen konnte nur einen Mann sehen, der über Superkräfte verfügte, mit denen er ihr und einem niedlichen Fohlen das Leben gerettet hatte. Was sie letzte Nacht geteilt hatten, wirkte in ihr wie eine Droge nach. Ihre Schenkelinnenseiten kribbelten bei der Erinnerung, ihre Muskeln nicht nur wund vom Reiten. *Ich will einen Cowboy reiten ...*

Vor dem offenen Scheunentor erstarrte sie, der Dampf von ihrem Kaffee traf sie wie ein Weckruf ins Gesicht. Ihr wurde klar, dass sie etwas Abstand brauchte. Ansonsten bestände die Gefahr, dass ihre Hormone sie vergessen ließen, was gestern noch alles vorgefallen war. In der Stadt könnte sie sich ein Café mit WLAN suchen und ein paar Nachforschungen anstellen. Sie sollte sämtliche Informationen haben, bevor es kein Entkommen mehr gab.

Sie machte kehrt und starrte auf die leere Kieseleinfahrt zwischen dem Haus und der Scheune. Steph hatte den Mietwagen mitgenommen. Zu dieser Zeit hatte das Renee nicht gestört, da sie davon ausgegangen war, dass Black sie nach Missoula zum Flughafen fahren könnte. Dummerweise bedeutete die Abwesenheit eines Autos, dass sie hier festsaß. Sie war allein und von wer weiß wie vielen Gestaltwandlern umgeben, ohne ein Fahrzeug, das sie ihr Eigen nennen konnte.

Ihr Blick landete auf einem kleineren Gebäude, an das sie sich noch aus ihrer Kindheit erinnerte. Dort standen die Maschinen. Ihr Großvater hatte einen Traktor, den er immer zur Beförderung von Heuballen und zum Rechen der Weide benutzt hatte. *Willst du etwa in einem Traktor in die Stadt fahren?* Sie schmunzelte. Vielleicht hatte er ein Auto, um Vorräte zu kaufen.

Sie stemmte sich gegen die Seitentür und trat ein. Das dunkle Gebäude roch nach abgestandenem Öl, Metallspänen und Staub. Sie ließ die Tür einen spaltbreit geöffnet, um etwas Licht hereinzulassen, und passierte dann einen uralten John-Deere-Traktor und eine gut organisierte Werkbank. Im hinteren Teil stand ein Pickup, der schon bessere Zeiten gesehen hatte. Und wer hätte es gedacht, die Schlüssel steckten im Zündschloss!

Nachdem sie ihre Tasse auf die Motorhaube gestellt hatte, kämpfte Renee mit dem Haupttor. Als sie es schließlich aufbekam, rauschte frische Morgenluft in die Garage. Tief atmete sie ein und bewunderte, was das Sonnenlicht mit den Baumspitzen anstellte. Kurz schloss sie die Augen, hieß den morgendlichen Gesang der Vögel willkommen. Obwohl die Nacht so aufregend geendet hatte, musste sie trotzdem zugeben, dass dieser Ort friedvoll war. Geschützt. Besonders. Hier konnte sie sich auch in Zukunft sehen. Vielleicht sogar mit Black.

„Du bist früh wach." Loris Stimme erschreckte sie. Ihre Aufmachung war einmal mehr makellos, inklusive der Montana-Gürtelschnalle, die den Großteil ihres flachen Bauches bedeckte.

Das ungute Gefühl von gestern war zurück. „Du auch."

Lori spazierte näher und lehnte sich gegen die offene Garagentür. Sie kreuzte einen Knöchel über den anderen, ihre Daumen in ihrem Gürtel eingehakt. Ihr Blick verharrte auf Renee, so konzentriert wie bei einer Hauskatze, die einen Vogel vor dem Fenster beobachtete. *Das macht mich zu dem Vogel ...*

Ein Moment des Schweigens folgte, bevor Renee fragte: „Wie geht es Ivy-Jane?"

Lori wedelte mit einer manikürten Hand. „Black hat die Sache unter Kontrolle. Er weiß mit seinen Händen umzugehen. Aber das weißt du ja schon."

Hitze flutete Renees Wangen und sie drehte sich weg, um nach ihrem Kaffee zu greifen. Der Sex mit Black war nicht von dieser Welt gewesen, auf eine Weise befriedigend, die sie nicht erwartet und ganz sicher noch nie erlebt hatte. Ein Teil von ihr verabscheute, dass es Leute gab, die ihr die Erfahrung schlecht reden wollten. Erst Saul und jetzt Lori. Sie entschied, sich dumm zu stellen. „Oh ja, er scheint ein sehr talentierter Tierarzt zu sein."

Als hätte Renee kein Wort gesagt, fuhr sie fort: „Frauen wie du kommen und gehen. Black jedoch ist etwas Besonderes. Ich kann nicht erlauben, dass du ihm das Herz brichst."

Renees Wunsch, den Anstand zu wahren, löste sich in Luft auf. Sie wirbelte herum, ihr Herz wild pochend. Diese Frau hatte nicht das Recht, sie zu verurteilen! „Du hast mir nicht gerade den Eindruck vermittelt, dass du Black besonders magst."

Lori zuckte mit den Achseln. „Meine Aufgabe ist es, die Herde zu beschützen. Ob ich jemanden mag oder nicht, spielt dabei keine Rolle."

„Ich mag ihn. Also verzieh dich bitte und kümmere dich um deine eigenen Angelegenheiten." Renees Blut kochte. Zum einen, weil Lori ein ungutes Gefühl in ihr auslöste, das sie nicht erklären konnte. Zum anderen wollte sie noch nicht zugeben, wie sehr sie Black tatsächlich mochte.

Abwehrend hob Lori die Hand. „Kein Grund, ausfällig zu werden. Schließlich möchte ich nur sichergehen, dass niemand von meinen Leuten verletzt wird. Dein Großvater hat immer Verständnis dafür gezeigt."

Renees aufkeimendes Bedürfnis, in den Chevy zu steigen und diese dumme Kuh zu überfahren, rang mit ihrem Wunsch, an Antworten zu gelangen. „Wenn mein Großvater von den Gestaltwandlern wusste, warum hat er es mir dann nicht erzählt?"

„Der einzige Zufluchtsort der Herde ist diese Ranch, und dein Großvater hat unsere Abhängigkeit zu seinem Vorteil genutzt. Was denkst du denn, wie er die Ranch am Laufen gehalten hat, ohne groß Geld auszugeben? Jedoch muss ich ihm Anerkennung dafür zollen, dass er sein Versprechen gegenüber Gloryanna nicht gebrochen hat."

Stirnrunzelnd sah Renee auf die Einfahrt und die friedliche Weide, als würde sie dort ihre Antworten finden. Sie hatte sich keine Gedanken darüber gemacht, wie die Ranch nach Großvaters Tod überlebt hatte. Finanzen waren noch nie ihr Ding gewesen. „Was willst du mir damit sagen? Dass ihr Sklaven seid?"

Ein schiefes Grinsen zierte Loris Gesicht. „Wie nennst du sonst einen Arbeiter, der nicht bezahlt wird?"

Renee knirschte mit den Zähnen. Sie weigerte sich, den Köder zu schlucken. „Freiwillige. Niemand zwingt euch, zu bleiben."

„Ah, da haben wir sie. Die Enkeltochter des alten Toliman", zischte Lori. „Rede dir nur ein, dass es gerechtfertigt ist, die Herde auszunutzen, solange du ihr Geheimnis bewahrst."

„Das habe ich nicht gesagt." Renee ballte die Hände zu Fäusten.

Loris Gesicht legte jegliche Emotion ab. „Dann beweise es. Werde ein Teil von uns."

„Wie?"

„Heirate Black."

Kopfschüttelnd nahm Renee einen Schritt nach hinten. Hatte sie das gerade richtig verstanden? Heiraten? In welchem Traumland lebte diese Frau? Wahrscheinlich in demselben Land, in dem es auch Zentauren und Gestaltwandler gab. Black war kein Mensch. Er war mehr als das. Wer wusste schon, wie die Gesetze in seiner verrückten Welt lauteten. Andererseits klang es wirklich nett, sich mit Black hier niederzulassen und eine Familie zu gründen. „Wir haben uns erst vor zwei Tagen kennengelernt."

„Die Zeit ist bedeutungslos." Lori zog eine Augenbraue hoch. „Beweise, dass du uns als gleichwertig siehst."

„Dafür muss ich niemanden heiraten."

Lori lächelte. „Ich weiß, dass du Black magst. Und es ist offensichtlich, dass er dich auch mag. Die Wahrheit ist, dass er niemals zur Herde gehören wird, obwohl er Gloryannas Enkelsohn ist. Ich will nur das Beste für ihn."

Renee zog die Augenbrauen zusammen. Ihr gefiel nicht, was Lori andeutete. „Er ist kein Teil der

Herde? Warum nicht? Du willst, dass ich euch akzeptiere, aber hören tue ich nur, dass ihr Black nicht als gleichwertig anseht."

Verwirrung zeichnete sich auf Loris Gesicht ab. Sie erholte sich schnell und setzte einen mitleidigen Ausdruck auf. „Ich respektiere, wie engagiert er ist. Die Herde ist bei Blutlinien jedoch sehr engstirnig. Es gibt nur noch so wenige von uns, also müssen wir bei Fortpflanzungspartnern vorsichtig sein."

„Erstens, ich bin kein Fortpflanzungspartner." Renee trat auf die größere Frau zu und ignorierte, dass sie nun den Kopf in den Nacken legen musste, um ihr in die Augen zu sehen. „Zweitens, mit Black ist alles in Ordnung. Er ist perfekt, so wie er ist, und du bist ein Idiot, wenn du das nicht siehst. Und nun entschuldige mich, ich will mich davon überzeugen, dass es Ivy-Jane gut geht."

Renee presste sich an der Frau vorbei und stapfte aus der Garage, der Wunsch, das Grundstück für eine Denkpause zu verlassen, war verschwunden.

Black schreckte aus dem Schlaf, als die Scheunentür zuknallte. Kurze, wütende Schritte näherten sich dem Stall, in dem Ivy-Jane ruhte. Direkt davor saß er auf einem Heuballen, lehnte mit dem Rücken an der Wand, seine Augen geschlossen. Es war ihm nicht gelungen, Renee aus seinen Gedanken herauszuhalten. Nicht mal, als er sich um Ivy-Jane gekümmert hatte und er gegen Loris Schuldzuweisung ankämpfen musste, da er sein Geheimnis vor dem Menschen offenbart hatte.

Renees Kirschblütenduft füllte die Luft und die Schritte verstummten. Er konnte ihre Energie wahrnehmen, als sie ihn beobachtete. Hatte sie Angst vor ihm? Das würde er verstehen. Jedoch roch er keine Angst, während sich die Stille weiter ausbreitete. Nein, er roch den Beweis ihrer Erregung. Sechzig Sekunden erlaubte er ihr noch, bevor er mit sanfter Stimme sagte: „Guten Morgen, Sonnenschein."

Sie quietschte und fragte dann: „War das der sechste Sinn eines Gestaltwandlers? Hast du gespürt, dass ich dich beobachte?"

Mit einem verschlafenen Lächeln lehnte er sich vor. Millie und das Fohlen schliefen im Stall, und so flüsterte er seine Antwort: „Du hast die Scheune nicht gerade auf leisen Sohlen betreten."

„Oh, richtig." Renee räusperte sich und ließ den Blick zur offenen Stalltür schweifen. Sie errötete und ihre Brust hob und senkte sich, als wäre sie hergerannt. „Wie geht's der kleinen Patientin?"

Black erhob sich, klopfte sich Stroh von seiner Jeans und entfernte sich vom Stall. Ein Oberteil hatte er sich noch nicht angezogen. Aber das störte ihn nicht. Wirklich nackt fühlte er sich nur ohne seinen Cowboyhut, der noch immer beim Zelt liegen musste. „Ihr Bein ist nur verstaucht. Ein paar Tage und sie wird wieder umherspringen." Aus seinen Haaren am Hinterkopf zog er einen Strohhalm, der ihn schon eine Weile kitzelte. „Mehr sorgt mich ihr mentaler Zustand."

„Das kann ich nachempfinden." Renee biss sich auf die Unterlippe.

Black fühlte, wie er die Augenbrauen zusammenzog und versuchte, seine Reaktion zu verbergen. Erfolglos. Es gab so viel, über das sie reden mussten, nun, da die Katze – das Pferd – aus dem Sack war. Nur wusste er nicht, wo er anfangen sollte. „So solltest du es nicht herausfinden."

Renee schüttelte den Kopf. „Ich verstehe immer noch nicht, warum es mir mein Großvater nicht einfach gesagt hat."

Black warf einen Blick auf Millie. In ihrer Menschengestalt lag sie bei Ivy-Jane unter einer Decke, eine Hand auf dem Fell des Fohlens, ihr langer, grauer Zopf lag schlaff neben ihr. Ihre Brust bewegte sich in einem ruhigen Rhythmus, der auf Schlaf hindeutete. Es würde ihn aber nicht überraschen, wenn sie zuhörte. Lori hatte das Verbot, über die Herde zu sprechen, noch nicht aufgehoben. Andererseits wusste Renee bereits einiges. Genug, um als gefährlich eingestuft zu werden, wie es Lori sagen würde. Na ja, es gab kein

Zurück mehr. Das Geheimnis war gelüftet. Jetzt gab es nur noch eine Richtung. Ob er nun Loris Einverständnis hatte oder nicht. Zudem war es nicht nur Loris Geheimnis, sondern auch seins. Für ihn war es sogar weitaus gefährlicher, darüber zu sprechen, da er mehr zu verstecken hatte.

Er umfasste ihren Arm und führte sie zu der Pyramide aus Heuballen im hinteren Teil der Scheune. Die Strohhalme auf dem Boden bohrten sich in seine nackten Fußsohlen. Er näherte sich einer Nische, in der er sich manchmal zurückzog, um abseits der Herde Privatsphäre zu genießen. „Frag mich, was auch immer du willst."

Sie sah sich in der Umgebung um, widerstand seiner Führung jedoch nicht. Auf einem Ballen, auf den er eine Pferdedecke gelegt hatte, nahm er Platz, und zog sie neben sich. Enttäuscht beobachtete er, dass sie einen gewissen Abstand bewahrte.

Sie spielte mit ihren Fingern, ihr Ausdruck verschlossen. „Lori verlangt nach einem Beweis, dass ich euch nichts Böses will."

Sein Auge zuckte. Erwartungsgemäß hatte Lori Renee aufgesucht, bevor er das tun konnte. Wer wusste schon, welche Lügen diese Hexe ihr bereits über die Herde erzählt hatte? „Nimm dich vor ihr in Acht, okay?"

„Warum?"

„Sie beißt. Ich meine es ernst. Bitte halte dich so gut es geht von ihr fern."

Zu seiner Erleichterung nickte sie. „Okay, ich werde es versuchen. Allerdings gehört sie nicht zu dem Schlag, der auf Abstand bleibt. Sie ist recht angriffslustig."

Er gluckste. „Kann man so sagen."

„Sie meinte, dass du Gloryannas Enkelsohn bist. War das nicht die letzte Anführerin der Herde?"

Er nickte.

„Ich nehme also an, dass sie dich hasst, weil du eine Art … Prinz bist? Eine Bedrohung für sie als Leitstute?"

„Ein Prinz? Nein, sowas gibt es bei uns nicht. Ich bin lediglich ein Halbbluthengst. Abgesehen davon wird die Leitstute durch eine Wahl bestimmt."

Sie rümpfte die Nase. „Und sie haben Lori auserkoren? Warum?"

„Die Herde respektiert ihr Wissen über die Außenwelt." Seine behutsam gewählte Antwort war das Produkt einer lebenslangen Konditionierung, hinterließ jedoch einen bitteren Beigeschmack.

Renee rollte mit den Augen. „Ich denke nicht, dass sie so viel weiß, wie ihr denkt."

„Lori wurde als Fohlen eingefangen und gezähmt, um als normales Pferd herzuhalten. Das ist für einen Wandler besonders erniedrigend. Bei ihrer ersten Verwandlung gelang ihr die Flucht. Bevor sie uns fand, lebte sie auf der Straße. Viele Jahre hat sie sich unter Menschen versteckt, hat ihre wahre Natur geheimgehalten und sich ihre Eigenarten abgeschaut."

„Wusste sie nicht, wie sie zu ihrer Familie zurückkommen sollte? Das ist traurig."

„Würdest du hören, wie sie es erzählt, würde sich dein Mitleid wahrscheinlich in Grenzen halten. Sie ist stark – stärker als die meisten Pferde – und hat keine Angst davor, für ihre Überzeugung einzutreten und sich zu holen, was sie will." Oder ihren Willen anderen aufzudrängen, dachte er. „Die Herde hatte nach dem Tod meiner Großmutter eine schwere Zeit. Lori hat das Ruder in die Hand genommen und niemand hat sich jemals beschwert."

„Wenn Lori also nicht befürchtet, dass du ihren Job willst, warum behandelt sie dich dann wie den letzten Dreck?"

Black zuckte mit den Achseln. „Zu den Zeiten meiner Großmutter hat mich die Herde um ihretwillen akzeptiert. Aber ich bin anders. Deformiert."

„Du bist nicht deformiert." Mit einer Augenbraue hochgezogen, lehnte sie sich etwas zurück, um ihn von Kopf bis Fuß zu betrachten. „Ich habe von Zentauren gehört. In der griechischen Mythologie. Pferdewandler sind mir noch nie zu Ohren gekommen. Also sind sie die Deformierten. Zumal ihr in Menschengestalt keine Unterschiede aufweist."

Er lächelte, genoss die Leidenschaft, mit der sie sprach. „Das stimmt. Allerdings wird in unserer Pferdeform der Rang beschlossen. Während die Herde unbekümmert leben, sich Tag und Nacht in ihrer Pferdegestalt zeigen kann, wäre das für mich gefährlich. Dadurch kam ich auch nicht dazu, mir einen Platz in der Herde zu erkämpfen."

„Könntest du das nicht auch in deiner Menschengestalt tun? Schließlich bist du ein Tierarzt. Damit hast du in der Menschenwelt genauso viel Erfahrung wie Lori. Wieso haben sie also nicht dich gewählt?"

Er schüttelte den Kopf. „Weil ich nicht nur ein Zentaur bin, sondern auch ein Mann. Ein Hengst kann die Herde nicht anführen, nicht so wie es eine Leitstute kann."

„Warum nicht?"

„Biologie nehme ich an." Mit einem Seufzer überlegte er, wie er ihr die Hierarchie in einer Herde erklären sollte. „Die Abläufe in einer Herde sind mit Schach zu vergleichen. Die Königin ist die wichtigste Figur. Die einflussreichste. Die Befugnisse des Hengstes in der Herde – dem König – sind eingeschränkt."

Für ein paar Herzschläge senkte Renee den Blick auf ihre Hände, bevor sie wieder seine Augen fand. „Du meintest, dass du ein Halbblut bist. Bedeutet das, dass du zur Hälfte ein Mensch bist?"

Er hätte wissen sollen, dass sie fragen würde, dennoch war er auf die Frage nicht vorbereitet. Zumeist kam das Thema mit einem Hintergedanken auf, und es fiel ihm schwer, bei ihrer unschuldigen Frage nicht unhöflich zu werden.

„Es tut mir leid." Sie rutschte zu ihm und lehnte ihre Wange an seinen Oberarm. „Das war unhöflich von mir. Ich hätte nicht fragen sollen."

Der körperliche Kontakt ließ seine Schutzmauer bröckeln. Indessen reagierte sein Herz auf eine Weise, die ihm nicht bekannt war. Nun verspürte er jedoch den Drang, ihren Hals zu liebkosen und ihren Duft tief in sich aufzunehmen, vorzugsweise mit seinem Schwanz in ihrer engen Hitze. Für den Moment gab er sich damit zufrieden, den Arm um ihre Schulter zu legen und sie an sich zu ziehen. „Es muss dir nicht leidtun. Die Frage ist gerechtfertigt. Und ich will es dir auch erzählen." Er platzierte sein Kinn auf ihrem Kopf. „Ich bin … Ich sollte am Anfang beginnen. Mit meiner Mutter. Meine Großmutter meinte immer, dass sich meine Mutter nach mehr gesehnt hatte als nach dem Leben auf einer Ranch. Sie wollte zum Nomadenleben zurückkehren. Also hat sie die Farm verlassen. Zu dem Zeitpunkt war die Herde noch nicht lange hier, aber das ist eine andere Geschichte."

Renee drehte den Kopf, um ihm beim Reden in die Augen zu sehen. Eine Hand legte sie auf sein Herz.

Ihre samtweiche Haut auf seiner hätte genauso gut ein Lasso um seine Seele sein können.

Er bedeckte ihre Hand mit seiner, wickelte die Finger um ihre und fuhr fort: „Meine Mutter hielt Kontakt, schickte Postkarten aus so ziemlich jedem Bundesstaat, einmal sogar aus Alaska. Unerwartet stoppte sie. Dein Großvater hat einen Privatdetektiv angeheuert, um sie zu finden. Fehlanzeige. Meine Mutter war wie vom Erdboden verschluckt. Dann, ein paar Jahre später, rief ein Krankenhaus aus Chicago mit schlechten Nachrichten an. Oder wie Großmutter es zu sagen pflegte: mit wunderbaren Nachrichten." Seine Brust schmerzte bei der Erinnerung an die Stimme seiner Großmutter in seinem Ohr, wenn er als Kind auf ihrem Schoß gesessen hatte, und er packte Renees Hand fester. „Mom hatte einen gesunden Jungen geboren. Mit ihrem letzten Atemzug gab sie den Ärzten die Adresse der Ranch."

„Oh, Black!" Renee zog ihre Hand aus seiner und schlang beide Arme um ihn.

„Das war das einzige Mal, dass Großmutter die Ranch verlassen hat. Um mich zu holen." Er räusperte sich. „Aber um zu deiner Frage zurückzukommen – ich weiß nicht, wer mein Vater ist. Die logische Erklärung ist, dass ich zur Hälfte ein Mensch bin."

Renees Schultern hoben und senkten sich in einem tiefen Atemzug, ihre Arme festigten sich um seinen Körper. „Aus persönlicher Erfahrung kann ich dir sagen, dass es völlig okay ist, ein Mensch zu sein." Ihr Atem wehte über seine Brust. „Du bist verdammt heiß."

Unerwartet entrang ihm ein Lachen. Wie schaffte sie es, dass er sich bei ihr so wohl fühlte? „Heiß, ja?"

Renee lockerte ihre Umarmung, ihre Finger strichen über seine nackte Haut und sie murmelte an seiner Brust: „Oh ja."

„Mein Zentaur schreckt dich nicht ab?"

Sie drückte ihn auf die Decke. „Mmm, das macht dich noch heißer. Schließlich mag ich es, zu reiten."

Die raue Pferdedecke senkte sich unter seinen Schulterblättern auf das Stroh. Er legte einen Arm um sie und rieb über ihren Rücken, erkundete mit seinen Fingern die Stelle, wo ihr Oberteil auf ihre Jeans traf. Ihr herzförmiges Gesicht zeigte ein schelmisches Grinsen, während ihre Hand über seinen Bauch strich und zu seinem Schritt fand. Bei seiner Berührung zuckte sein Schwanz. Der Duft ihrer Erregung vermischte sich mit dem Strohgeruch. Er legte seine Finger auf ihren Nacken und zog sie für einen Kuss zu sich. Ihr Mund öffnete sich und er lud ihre Zunge zu einem Tanz ein.

Die Hand auf seinem Schritt massierte seine Länge, während ihr Mund sein Blut in Wallungen brachte. Mit beiden Händen packte er ihren Hintern, seine Finger glitten zwischen ihre Schenkel. Sie stöhnte und spannte die Pobacken an, rotierte ihre Hüften und rieb sich an ihm. Seinem Schwanz gefiel das. Black knurrte, das Bedürfnis, die Kontrolle an sich zu reißen, wog schwer in ihm. Im Bruchteil einer Sekunde hob er sie hoch und drehte sie unter sich auf den Rücken, seine Arme direkt neben ihrem Kopf. Er gab ihr nicht die Chance, sich zu beschweren. Seine Lippen landeten erneut auf ihren, seine Zunge stieß tief in ihren Mund und er kostete von ihrem süßen Atem.

Er wollte sie spüren, wollte jeden Millimeter ihres Körpers erkunden. Eine Hand schob er unter ihr T-Shirt. Wie Satin fühlte sie sich an seiner schwieligen Hand an, bis er ihren BH erreichte. Der musste gehen. Entschlossen folgte er dem Material auf den Rücken, um den Verschluss zu öffnen. Er vergeudete keine Zeit und legte sofort die Hand auf eine Brust. Ihr Nippel war hart und wartete auf ihn. Er massierte das weiche Fleisch, rollte die aufgerichtete Knospe zwischen seinen Fingern.

Mit ihrem beschleunigten Atem versuchte sie, den Knopf an seiner Jeans zu öffnen. An ihren Lippen hauchte er: „Nein." Dann schnappte er sich ihre ungeduldige Hand und presste sie auf die Decke. Zuerst wollte er sie mit seinen Fingern und seinem

Mund zum Höhepunkt führen. Er sehnte sich danach, dass sie sich ihm hingab und ihn anflehte, sie zu nehmen. Er musste sichergehen, dass sie ihn wahrhaftig wollte.

Nachdem er auch ihre rechte Hand in seine Gewalt gebracht hatte, drückte er beide über ihren Kopf. Ihre Handgelenke waren so zart, dass er nur eine Hand brauchte. Nun benutzte er die Finger seiner anderen, um ihre Lippen nachzuzeichnen. Er folgte der Kurve über ihr Kinn und zu ihrem Hals, bis er schließlich im Tal zwischen ihren Brüsten landete, direkt über ihrem pochenden Herzen. Sie wölbte sich ihm entgegen, ihr Brustkorb hob und senkte sich mit ihren von Leidenschaft getrieben Atemzügen.

„Du bist so sexy", flüsterte er.

Sie leckte sich über die Lippen und er fragte sich, wie es sich anfühlen würde, ihren Mund zu ficken. *Nicht jetzt.* Im Moment wollte er *ihr* Befriedigung verschaffen. Er fand mit den Fingern den Saum ihres Oberteils und schob es zusammen mit ihrem BH nach oben, sodass ihre Brüste zum Vorschein kamen. Ihre süßen Nippel zeigten an die Decke, und wie Sporen trieben sie ihn in seiner Begierde an. Er senkte den Kopf, schnellte mit der Zunge über eine

Knospe. Sie wimmerte, woraufhin er den Nippel tief in den Mund saugte. Anschließend bahnte er sich knabbernd und küssend einen Weg zur anderen Brust, um ihr die gleiche Aufmerksamkeit zukommen zu lassen.

Renee wand sich unter ihm, doch er dachte gar nicht daran, seinen Griff um ihre Handgelenke zu lockern. Während er dem Nippel seine Aufwartung machte, fuhr seine Hand über ihren Bauch zu ihrem Geschlecht. Der Beweis ihrer Erregung war durch den Jeansstoff zu spüren und er massierte sie mit dem Handballen. Ihr Becken zuckte nach oben, sie rieb sich an ihm, bis er entschied, dass es an der Zeit für den nächsten Punkt auf der Liste war. Er öffnete den Knopf an ihrer Hose und schob seine Hand in ihr Höschen, ertastete ihre Löckchen. Dann erreichte er mit den Fingern ihre Klitoris, die unter seiner Berührung pulsierte.

Er glitt durch ihre Spalte, entlockte ihr mehr Nässe, bis sein Finger schließlich zu ihrem Eingang fand. Die Wände ihres Geschlechts legten sich um ihn, als er eintauchte.

Zappelnd wehrte sie sich gegen seinen Griff, ihre Hüfte passte sich auf der Suche nach mehr seinen Stößen an. Eine Weile länger neckte er sie mit seinen

Fingern, umkreiste ihre Klitoris. Ihre offensichtliche Erregung bedeckte seine Hand. Schwer atmend, keuchend, wimmernd presste sie heraus: „Ich brauche mehr. Bitte!"

Er entschied, ihrem Wunsch nachzukommen, entließ ihre Hände, sodass er ihr die Hose und das Höschen komplett ausziehen konnte. Ihr erregender Duft füllte die Luft. Tief atmete er den berauschenden Geruch ein und absorbierte ihre verführerischen Nuancen. Sie kämpfte mit seinen Knöpfen. Jedes Mal, wenn sie mit ihren Fingern seine Haut streifte, befürchtete er, gleich zu explodieren. Die gelösten Knöpfe nahmen etwas von dem Druck, der durch seinen Schwanz auf dem Reißverschluss lastete. Er musste sich jedoch daran erinnern, dass sie zuerst kam. Bevor sie seinen Schwanz befreien konnte, packte er sie. „Noch nicht."

Vor ihr kniete er sich hin, lehnte sich zurück und genoss den Anblick, den sie bot. Ihre erhitzte Haut und ihre sanften Kurven lösten das Bedürfnis in ihm aus, sie zu beißen, an ihren Flanken zu knabbern, sich an ihr zu reiben, um sie mit seinem Geruch zu bedecken. Er legte die Hände auf ihre Brüste, massierte sie, bevor er über ihre Rippen wanderte und dem Weg zu ihrem Bauchnabel folgte. Dort verharrte er, umkreiste ihn mehrere Male und machte sich dann zu ihrem Geschlecht auf. Als er ihre Löckchen erreichte, schnappte sie nach Luft. Ihr Becken hob sich ihm entgegen und ihre winzigen Hände packten seine Unterarme, um ihn nach unten zu drücken. Er hob den Kopf zu ihr, ihre Begierde brannte wie ein Feuer in ihren Augen.

Mit den Daumen glitt er über ihre äußeren Schamlippen, verführte sie dazu, sich ihm zu öffnen. Ihr Geschlecht entblößte sich vor ihm und er senkte den Kopf auf ihre Falten. Ihr Fleisch bebte. Sanft saugte er, presste seine Lippen gegen ihre und nahm mit der Zunge eine Kostprobe von ihrer Hitze, während er weiterhin über ihre Schamlippen glitt. Ihre Finger fuhren durch seine Haare und dann entließ sie ein Stöhnen, das ihn anfachte. Hart stieß er mit der Zunge in sie. Einmal. Zweimal. Dreimal. Sie schrie, wölbte sich, und so kam sie, und ihr pulsierendes Geschlecht bediente ihn mit ihrem süßen Nektar.

Er trank von ihr, bis er wusste, dass ihr Orgasmus verebbt war. Schließlich lehnte er sich zurück, kniete zwischen ihren Beinen und betrachtete sie. Ihre Brust hievte, ihre Hände krallten sich an der

Decke unter ihr fest. Sein Schwanz wollte nicht mehr warten. Schnell entledigte er sich seiner Jeans, damit er sie am Becken zu sich ziehen und seinen Schwanz an ihrem Eingang positionieren konnte. Sie schrie, brüllte seinen Namen, als er sich tief in ihr vergrub. Ihre Hitze legte sich um seine Länge, pulsierte und bedeckte ihn mit ihrer Nässe. Gewalttätig und unerwartet ergoss er sich in ihr.

Seine Kraft verließ ihn und er senkte sich auf seine Ellbogen, ihr so nah, dass er an ihren Lippen flüsterte: „Ich denke, ich liebe dich."

„Ich denke, ich liebe dich auch", erwiderte sie auf seine sanft gesprochenen Worte.

Renee suchte Halt an Blacks Schultern. Hatte sie gerade wirklich das L-Wort erwidert? Das Blut rauschte in ihren Ohren. Es musste an den Hormonen liegen, dass sie sich wie ein Idiot aufführte. Sie konnte nicht verliebt sein. Liebe war gefährlich und sollte unter allen Umständen vermieden werden. Zumal sie den Kerl kaum kannte. Richtig?

Dennoch wusste sie mehr über ihn, als sie es jemals für möglich gehalten hätte.

Liebe für Black zu empfinden, fühlte sich bestärkend an. Als würde die Bestätigung dieser Emotion, sie freisetzen, sie vervollständigen. Sie komplementieren. Dabei hatte sie nicht mal gewusst, dass ihr etwas gefehlt hatte. Na ja, ein Teil von ihr hatte es geahnt. Warum sonst war sie Steph wie ein Welpe hinterhergerannt, auf der Suche nach einem Nervenkitzel nach dem anderen?

An seiner Haut öffnete sie den Mund, nahm mit der Zunge seinen erdigen Geschmack auf, kratzte mit den Zähnen sanft über seine Haut. Er erschauerte und drehte den Kopf, um an ihrem Ohrläppchen zu knabbern, sein Atem heiß. Black war wundervoll. So wundervoll, dass ihr Herz wild klopfte und sich ihre Knie wie Wackelpudding anfühlten. Er verdiente es, geliebt zu werden.

Nein. Nein! Sie legte die Hände flach auf seine Brust und versuchte, sich von ihm zu lösen.

Er hob den Kopf weit genug, um in ihre Augen zu sehen. „Bin ich zu schwer?"

„Ich muss hier raus." Und doch fühlte es sich an, als befände sich alles Bedeutsame hier an diesem Ort. Ihr Kopf aber wollte, dass sie verschwand, während ihr Herz die Füße in den Boden stemmte.

Anmutig rollte Black von ihr herunter und kam auf die Füße. Spürbar hatte sich die Luft um sie herum abgekühlt und sie zog sich ruckartig ihr Oberteil über den Kopf. Eine Aktion, die ihre Willenskraft schwächte. Der wunderschöne Mann, sanft beleuchtet, faszinierte sie. Sie wollte in seine Arme rennen. Sie wollte die Arme um ihn wickeln und ihn niemals wieder loslassen.

Was, wenn sie der Beziehung eine Chance gab? Ständig riskierte sie ihr Leben mit den Stunts, die Steph organisierte. Warum konnte sie nicht mal ihren eigenen Stunt vollführen? Vielleicht zeigte sie sogar ein natürliches Talent für diesen. Für das Leben auf einer Ranch, verheiratet mit einem wahren Cowboy. Sie griff nach ihrer Hose. „Ist dir klar, dass Lori mich gefragt hat, dich zu heiraten?"

„Wirklich?" Seine Aufmerksamkeit lag schon viel zu lange auf seinem Reißverschluss. „Was hast du geantwortet?" Seine Muskeln tanzten verführerisch. Wie war es möglich, dass manche Leute nicht sahen, wie perfekt er war?

Sie schob die Beine in ihre Hose. „Dass, was auch immer zwischen uns passiert, nur uns etwas angeht. Dass sie sich nicht so wichtig nehmen soll."

Sein Kopf schoss hoch, sein Mund zierte ein Grinsen. „Du würdest eine fantastische Leitstute abgeben."

Sie runzelte die Stirn und rutschte wenig elegant von der Heubank, bereits darauf fokussiert, ihre Schuhe zu finden. „Äh, nein. Ich habe meine eigenen Probleme. Warum deine Herde dieser narzisstischen Kuh folgt, ist mir sowieso ein Rätsel. Wie muss ich mir eine Ehe bei euch überhaupt vorstellen?"

Black streckte die Hand aus und half ihr auf die Beine. „Oftmals daten wir nur, wenn du verstehst, was ich meine. Es ist selten, eine Gefährtin fürs Leben zu finden."

Bei der Antwort hatte sie das Gefühl, dass jemand auf ihrem Herzen herumtrampelte. Er hatte gemeint, dass er sie liebte, aber das schien für ihn nicht die gleiche Bedeutung zu haben wie für sie. Renee wurde übel. Blinzelnd hielt sie die Tränen zurück und schob sich an ihm vorbei. Auf keinen Fall würde sie vor ihm weinen. Nein, nein, nein. Sie hatte einen Cowboy reiten wollen, und das hatte sie hiermit getan. Abgehakt.

Entschlossenen Schrittes lief sie zur Tür. Ohne sich erneut umzudrehen, sagte sie: „Ich fahre in die Stadt. Schreibe mir, wenn du etwas brauchst."

„Renee, warte. Ist alles in Ordnung?"

Sie beschleunigte und fand Genugtuung darin, dass er barfuß über den Kiesweg lief. Dummer Mann. Was erlaubte er sich, ihre Liebe zu gewinnen, obwohl sie zu Beginn gemeint hatte, dass sie an Liebe kein Interesse hatte! Sie erreichte den Chevy und riss die Autotür auf. Der Motor hustete, als sie den Schlüssel drehte. Nach ein paar Sekunden erwachte das Auto jedoch zum Leben und schüttelte den vergessenen Kaffeebecher auf der Motorhaube durch.

Black stand schließlich in der Garage und blockierte ihr den Weg. „Renee!"

Sie gab Gas. Zwar bewegte sich das Auto nicht von der Stelle, aber sie hoffte mit den lauten Geräuschen, Black zu verscheuchen.

Als er sich zu ihrer Seite aufmachte, trat sie wieder aufs Pedal.

Nichts passierte.

Black erreichte das Fenster und machte eine rotierende Bewegung mit der Hand. Widerwillig rollte sie das Fenster herunter. Nun lehnte er gegen das Auto, die Arme vor seiner Brust verschränkt. „Das Getriebe hat schon vor einiger Zeit den Geist aufgegeben."

Super. Frustriert schlug sie mit beiden Händen gegen das Lenkrad und stellte dann den Motor ab.

Black hatte sich nicht bewegt. „Wirst du mir jetzt sagen, was das eben war?"

Das Brennen in ihren Augen intensivierte sich und Tränen schränkten ihr Sichtfeld ein. Seine Position verhinderte eine Flucht, wenn sie nicht über den Sitz rutschen und die andere Tür benutzen wollte.

Als wäre er in der Lage, ihre Gedanken zu lesen, trat er einen Schritt zurück. Ihr Fluchtinstinkt nahm etwas ab. Tief atmete sie ein und hob den Blick zu ihm. Dieser wunderschöne Mann, dem sie gerne einen Schlag versetzen würde, betrachtete sie neugierig. Ihr Herz schmerzte mehr, als es das sollte. Sie kannte ihn erst seit einem Tag, und sie spielte nun wirklich nicht in seiner Liga. Sie hätte Steph den Vortritt lassen sollen.

„Renee, ich weiß nicht, was ich getan oder vielleicht gesagt habe, aber ich wünschte, du würdest es mir sagen."

„Ich bin weder deine Frau noch deine Gefährtin. Ich muss dir gar nichts sagen."

Ein nerviges Lächeln zeigte sich auf seinen Lippen. „Du bist bezaubernd, wenn du eifersüchtig bist.“

„Ich bin nicht eifersüchtig. Ich bin nur … Ich schlafe nicht einfach mit jedem Mann, den ich erst einen Tag kenne. Du … was wir getan haben, hat mir viel bedeutet. Auch wenn das bei dir nicht der Fall zu sein scheint.“

Blacks Augen glühten und er lehnte sich vor, kam ihr so nah, dass sie seinen Heu- und Ledergeruch wahrnahm. „Es hat mir sogar sehr viel bedeutet. Ich meinte nur, dass Gefährten selten sind. Wenn eine Verbindung dieser Art entsteht, gibt es kein Zurück.“

Renee schluckte schwer, verloren in seinen Tiefen. Es fühlte sich wie ein elektrisches Feld an, das sie mit ihm verband. In diesem Moment wollte sie verzweifelt mit ihm Liebe machen. „Was willst du damit sagen?“

„Ich will damit sagen, dass ich mich noch nie auf diese tiefgründige Weise auf jemanden eingelassen habe, wie ich das bei dir getan habe. Als du mich als Zentaur gesehen hast, hatte ich Angst. Jetzt bin ich froh, dass es so passiert ist, wie es passiert ist. Es ist eine Erleichterung. So muss ich mich nicht vor dir verstecken. Endlich habe ich jemanden in meinem Leben, dem ich vertraue.“

„Du vertraust mir?“, quietschte sie.

Black griff in das Auto und legte die Hand auf ihren Hinterkopf, sein Daumen rieb sanft über die empfindliche Stelle unter ihrem Ohr. „Ich habe dich bei meiner Verwandlung dabeigehabt. Wenn das nicht Vertrauen ist, dann weiß ich auch nicht. Außerdem genieße ich es, unartige Dinge mit dir zu tun.“

Sie errötete, die Schmetterlinge in ihrem Bauch drängten sie zu einem verschämten Kichern. „Aber was ist mit der Gefährten-fürs-Leben-Sache?“

Sein neckendes Lächeln verschwand und er nahm einen ernsten Ausdruck an. Für einen sanften Kuss lehnte er sich vor, und sein Atem war warm und einladend. „Dieser Zentaur hat seine Gefährtin gefunden.“

Am Balken in der Scheune befestigte Black für Ivy-Jane einen neuen Infusionsbeutel. Dabei spürte er Loris Blick auf sich. Das Fohlen lag mit drei Beinen unter ihm eingeknickt, das vierte war in einem Verband nach vorne ausgestreckt. Die Verstauung würde nur ein paar Tage zum Verheilen brauchen, solange es ihm gelang, dass sich Ivy-Jane nicht zu sehr bewegte. Im Moment jedoch gehörte das Fohlen nicht zu seinen größten Problemen.

Renee war nach ihrer Unterhaltung, nach den vielen Informationen, ins Haus gegangen, und er war froh, dass sie nicht hier war, um Zeuge von Loris hasserfüllten Worten zu werden. Black wandte sich der Leitstute zu. Ihre Stiefel, die mit einem kleinen Absatz versehen waren, brachten sie auf Augenhöhe mit ihm. Saul saß nicht weit von ihnen auf einem Heuballen, sein Gesicht ausdruckslos.

„Die Abmachung lautete, sie zu heiraten." Black ballte die Hände zu Fäusten und versuchte, seine Wut zu bändigen. „Und das werde ich. Aber, meine Güte, gib mir mehr als zwei Tage."

Nichts wünschte er sich sehnlicher, als sein Leben mit Renee zu beginnen. Sie meinte jedoch, dass sie etwas Zeit zum Nachdenken brauchte. Und diese Zeit würde er ihr geben. Viele Informationen waren auf sie eingeprasselt. Auch er musste die letzten vierundzwanzig Stunden erstmal verarbeiten. Sie hatte seine Ziele im Leben auf den Kopf gestellt. Seine Stellung in der Herde interessierte ihn nicht länger. Er wollte nur Renee. Der Moment, sich vor ihr zu verwandeln, war fast so befriedigend gewesen, wie sich in ihrer Pussy zu vergraben. Aber nur fast. Die Vorstellung von einer Gefährtin, vor der er sich nicht verstecken musste, ließ sein Herz singen. Seit dem Tag, an dem ihm bewusst geworden war, dass er niemals eine komplette Verwandlung durchgehen würde, fühlte er sich zum ersten Mal wahrlich lebendig. Selbst wenn er sein ganzes Leben brauchte, aber er würde Renee davon überzeugen, sich ihm vollständig hinzugeben.

„Dafür ist es zu spät." Lori stand mit den Beinen leicht gespreizt und den Händen an den Hüften vor ihm.

Er blinzelte, ihre Worte rissen ihn in die Realität zurück. „Sie wird uns nicht verraten."

„Oh, und das weißt du nach zwei schweißtreibenden Zusammenkünften?" Lori zog eine Augenbraue hoch.

Black funkelte die Scheunenwand an, hinter der er Millie vermutete. Wie es schien, hatte die Stute Lori von seinem Morgen erzählt. „Das tue ic –"

„Sie ist hier, um die Ranch zu verkaufen", unterbrach ihn Lori. „Das hat sie mir bei ihrer Ankunft gesagt."

Da er sich weigerte, nachzugeben, marschierte er an ihr und Saul vorbei, um zur Abstellkammer zu gelangen, in der Stiefel und Kleidung für den Notfall bereitstanden. „Das war vielleicht ihr Originalplan, aber ich bin mir sicher, dass sie ihre Meinung geändert hat."

„Das Mädchen ist pleite. Ich kenne ihren Schlag. Wenn sie das Grundstück nicht verkauft, wird sie es irgendwie ausschlachten."

„Nur weil du das tun würdest, heißt das nicht, dass es Renee tun wird." Er vertraute Renee. Auch die Herde konnte ihr vertrauen, so wie sie Toliman vertraut hatte.

„Uns läuft die Zeit davon, Soldat. Und die Sicherheit der Herde ist meine größte Priorität. Wir haben genug Zeugen, um eine Eheurkunde zu fälschen." Loris Stimme nahm einen bedrohlichen Ton an. „Und sobald sie die Dokumente unterzeichnet hat, locken wir sie nach draußen zu ihrem letzten Ausritt."

Entsetzen erfüllte Black. Lori hatte es nicht direkt gesagt, aber er wusste trotzdem, was gemeint war. Ihre Ausdrucksweise erinnerte ihn an die Art und Weise, in der sie ihre Trauer für den Tod ihrer Vorgängerin geheuchelt hatte. *Gloryanna ist auf dem letzten Ausritt mit ihrem Menschen gestorben.* Lori sprach von Mord. Sie wollte seine Gefährtin töten. Langsam drehte sich Black, stellte sich der Leitstute, während er versuchte, die Wahrheit zu akzeptieren.

Saul erhob sich schwerfällig und schüttelte den Kopf. „Ihre Familie wird uns die Ranch nicht einfach überlassen. Wir werden sie bei der Testamentsvorlesung verlieren."

Lori rollte mit den Augen. „Die einzige Familie, die sie noch hat, ist ihr fanatischer Vater, und er denkt, dass dieser Ort verflucht ist. Glaube mir, ich habe die Angelegenheit aus allen Blickwinkeln beleuchtet."

Saul fuhr mit beiden Händen durch seine wilden, schwarzen Haare. „Sie zu töten, klingt schon etwas extrem."

„Niemand wird umgebracht." Blacks Worte entrangen ihm in einem tiefen Knurren, sodass er sich fragen musste, ob vielleicht das Blut eines Bären durch seine Venen schoss.

„Beherrsche dich", warnte Lori. „Es ist der perfekte Plan. Mir ist es zudem egal, wer den Bräutigam gibt. Wichtig ist nur, dass wir genügend Zeugen für die Unterschriften auf der Eheurkunde haben. Saul, bist du dabei?"

Saul zögerte und fragte dann: „Sind Millie und Sue damit einverstanden?"

Black erstarrte. „Du kannst diesen Plan doch nicht gutheißen!"

Saul mied es, seinen Blick zu suchen. „Sie ist nur ein Mensch."

„Sie ist nicht nur ein Mensch. Sie ist meine Gefährtin. Und sie ist Tolimans Enkeltochter." Black zeigte zum Ranchhaus. „So wollt ihr ihm also für den jahrelangen Schutz, den wir unter ihm genossen haben, danken? Indem ihr seine einzige Enkeltochter umbringt und ihr die Ranch stehlt?"

Zumindest hatte Saul den Anstand, zu erröten. Lori trat zwischen Black und seinen Onkel, eine schimmernde Aura um sie herum, als wäre sie einer Verwandlung nah. „Sei nicht dumm. Menschen können keine Gefährten sein. Die Herde kommt an erster Stelle. Ich hätte es besser wissen müssen, als zu denken, als zu glauben, dass du das verstehen würdest."

Ihre Worte schmerzten wie der Hieb einer Peitsche. Black hatte jedoch genug. Wandlermagie kribbelte über seine Haut. „Ich sorge mich um die Herde genauso wie du – wenn nicht sogar mehr. Meine Großmutter war die Leitstute, und in einer Sache bin ich mir hundertprozentig sicher: Renee ist meine Gefährtin. Ich setze eine Versammlung mit der Herde an."

Lori zog die Augenbrauen zusammen. „Das kannst du nicht. Schließlich bist du nicht mal offiziell ein Teil der Herde."

Sauls Augen sprangen zwischen Lori und Black vor und zurück. „Jeder Wandler kann eine Versammlung ansetzen."

„Als würden sie auf einen Zentauren hören." Sie schnaubte verächtlich. „Zumal die Sonne gerade hoch am Himmel steht. Vielleicht wirst du gesehen."

Das Kribbeln verebbte, als ihm klar wurde, dass sie recht hatte. In seiner Zentaurenform konnte er sich niemals am Tag draußen zeigen.

Reifen fuhren über die Kieseinfahrt und verkürzten das Streitgespräch. Lori fletschte die Zähne. „Scheiße. Sie meinte doch, dass sie einen Immobilienmakler eingeladen hat. Wir müssen ihn loswerden."

Sie hastete zur Tür und marschierte davon. Black und Saul folgten ihr. In der heißen Sonne rollte ein nagelneuer Dodge Ram die Einfahrt hoch und parkte vor dem Haus. An der Seite des Fahrzeugs entdeckte er das Logo von Wright Minerals Co., während von der Motorhaube Hitzewellen aufstiegen.

Loris Schritte verlangsamten sich und Black sah sie verwirrt an, als er sie passierte. Normalerweise bestand sie darauf, das Gesicht der Ranch zu sein.

Vielleicht war sie aber zu aufgebracht, um sich mit einem Fremden auseinanderzusetzen.

Der Motor verstummte. Beim Aussteigen richtete der kahlköpfige Mann seinen Stetson-Hut. Er fand Blacks Blick und schenkte ihm ein breites Grinsen. „Guten Tag. Ich suche Lori Sandvur."

„Lori?" Verwirrt sah Black über seine Schulter.

Lori hatte die Hände auf den Hüften und funkelte den Mann an. „Sie sollten erst nächste Woche kommen."

„Ich war in der Gegend und dachte, dass ich spontan vorbeischaue", sagte der Neuankömmling.

Sie ging einen Schritt auf ihn zu, nun gleichauf mit Black. „Steigen Sie sofort in Ihr Auto und verlassen Sie die Ranch."

Der Mann hob die Hand, blickte von Lori zu Black zu Saul. Onkel Saul stand einfach da, die Daumen eingehakt in seinem Gürtel. Black sah mit einem verdachtserregenden Gefühl zu Lori. Warum hatte sie ein Bergbauunternehmen kontaktiert?

„Es tut mir leid, Ma'am." Der Mann lief rückwärts zu seinem Pickup. „Ich melde mich nächste Woche."

So schnell wie ein Blitz gelangte Black zum Auto und presste eine Hand gegen die Tür, um den Fremden davon abzuhalten, zu verschwinden. Diese Erklärung wollte er direkt von der Quelle hören, denn an Loris verdrehter Version hatte er nun wirklich kein Interesse. „Warum erzählen Sie uns nicht, was der Grund für den Besuch ist?"

Er kratzte sich über den Nacken, sein Blick auf Lori, bevor er es wagte, Black wieder anzusehen. „Ms. Sandvur hat uns vor einigen Monaten eine Gesteinsprobe zukommen lassen. Wie es scheint, gibt es Gold auf dem Grundstück, und sie wollte darüber informiert werden, wie man es abbauen kann."

Black nahm die Hand vom Auto und wirbelte zu seiner Leitstute. Gold? Wann war das passiert? Ein Goldfund würde sehr viel Aufmerksamkeit auf die Ranch lenken. Ungewollte Aufmerksamkeit von Menschen. Was hatte sich die Leitstute dabei nur gedacht? Hinter ihr stand Sauls Mund weit offen.

Lori verschränkte die Arme, ihr Blick war auf den Besucher gerichtet. „Ich habe doch gesagt, dass Sie gehen sollen, Mister."

Der Mann schüttelte ungläubig den Kopf und öffnete die Autotür. „Nächstes Mal komme ich mit Verstärkung", murmelte er, bevor er die Tür zuknallte. Der Motor grummelte zum Leben und der unerwünschte Besucher legte den Rückwärtsgang ein.

Black ließ ihn gehen, denn der Mann war nicht das Problem. Schweigend beobachtete er, wie der Pickup um den Hügel und aus dem Sichtfeld verschwand. Als er dieses Mal das Wort erhob, richtete er es an Saul: „Meintest du nicht, dass der Schatz die Herde sei?"

Saul zuckte mit den Achseln. „Das dachte ich." Er stellte sich neben Lori, seine Stirn lag in Falten. „Was soll die Sache mit dem Gold?"

Lori warf einen Blick auf das Haus, drehte auf dem Absatz ihrer Stiefel um und marschierte zur Scheune. „Die Ranch kann sich ohne Einkommen nicht halten. Ich denke doch nur an die Zukunft der Herde."

„Warte. Heißt das, es gibt hier wirklich Gold?" Black verlängerte seine Schritte, um mitzuhalten, während sein linkes Auge anfing, zu zucken. Warum hatte Lori diesen Fund bisher nicht erwähnt?

In der Scheune lief Lori in den ersten Stall. Dann drehte sie sich den beiden Männern zu und flüsterte: „Im Canyon, in dem Toliman gestorben ist."

„Wusste er davon?" Black bemühte sich nicht, leise zu sein.

Sie fletschte die Zähne und fokussierte sich auf Saul, als existierte Black gar nicht. „Das Gold wird uns Freiheit schenken, so wie es die Herde noch nie gekannt hatte. Nicht, seit die Menschen das Land eingezäunt haben. Sobald wir die Abtretungsurkunde gesichert ha –"

Sanfte Schritte waren vor der Scheune zu hören. „Black?", hörte er Renee sagen.

Lori fauchte, ihre Nägel bohrten sich in seinen Arm. „Wage es dir nicht, ihr davon zu erzählen, Black."

„Es ist ihr Land. Ihr Gold." Er riss seinen Arm weg und ihre langen Nägel hinterließen tiefe Kratzer. Dann ging er zum Scheunentor.

Innerhalb von drei Schritten knisterte die Luft mit Wandlermagie. Loris heller Palomino raste an ihm vorbei, presste ihn zur Seite. Er stolperte über einen Rechen, der an der Wand lehnte und fiel auf seine

Hände und Knie. Sauls massige Pferdeform folgte Lori aus der Scheune.

Black kam wieder auf die Füße. Sein Zentaur verlangte, dass er sich verwandelte, wehrte sich gegen die Einschränkung seiner Kleidung, als Black seine Warnung brüllte: „Renee, pass auf!"

Ein eleganter Palomino schoss aus der Scheune und direkt auf Renee zu. Zwischen gefletschten Zähnen entließ das Tier einen erschreckenden Schrei. Entsetzt fiel Renee nach hinten und landete schmerzhaft auf ihrem Hintern. Mit gesenktem Kopf scharrte das Pferd über den Boden und rannte dann auf sie zu. Renee rollte zur Seite, wich dem wildgewordenen Pferd erfolgreich aus. Nur wenige Zentimeter neben ihrer Schulter stießen die Hufe ins Erdreich. Das Tier verlor am Ende der Einfahrt an Momentum. Es drehte sich zu Renee, die Ohren zuckend und stellte sich wiehernd auf seine Hinterbeine.

Todesangst breitete sich in Renee aus. War das Pferd wütend auf sie?

Bevor sie reagieren konnte, kam ein ihr bekannter dunkelgrauer Hengst aus der Scheune geprescht. *Onkel Saul?* Renee stolperte auf die Füße, ihre Handflächen schmerzten von den Kieselsteinen unter ihr. *Hatten sie sich gestritten? Was ist hier los?*

Noch jemand kam aus der Scheune. Renee entließ einen erleichterten Atem, als sie den prachtvollen Zentauren in der Sonne sah, sein nackter Oberkörper mit Muskeln übersät. Er hastete zu Renee und sie nahm einen unsicheren Schritt zurück. Er streckte ihr seine Hand entgegen. „Steig auf", kommandierte er.

Sein ernster Ton gab ihr die Kraft und sie akzeptierte seine Hand. Er hob sie auf seinen Rücken, platzierte sie auf der Stelle, wo der Mann ins Pferd überging.

„Festhalten", sagte er, bevor er auf das Gatter zu rannte.

„Ist das Lori?" Renee schlang die Arme um ihn und warf einen Blick auf die offene Scheune, um sicherzugehen, dass nicht noch mehr angriffslustige Pferde herauskamen.

Er öffnete das Tor. „Ja", presste er heraus.

Mit einem Blick über ihre Schulter fand sie den Palomino. Sie sog scharf den Atem ein, als sich das Tier auf die Hinterbeine stellte und mit den Vorderhufen in die Luft trat. Der Hengst erhob sich als Reaktion, Zähne fletschend und mit den Hufen ausholend.

Black setzte zur Flucht an und Renee war gezwungen, sich wieder umzudrehen, sodass sie die Arme um ihn wickeln konnte. *Ich reite auf einem Zentauren! Und nicht zum ersten Mal.* Der Gedanke hätte sie erfreut, wenn sie nicht bereits mit der Emotion kämpfte, verwirrt zu sein. Sie presste die Wange an sein Schulterblatt und ihre Knie eng an seinen Widerrist, um nicht zu fallen. Galoppierend machte er sich zur Straße auf, die in die Stadt führte und Renee passte sich automatisch seiner Gangart an. Die Kombination aus dem Mann und dem Biest fühlte sich so natürlich an, dass sie die Augen schloss und die frische Brise genoss, das Gefühl seiner Muskeln unter ihr, den warmen Duft seiner Haut.

Ihr sinnlicher Ausflug wurde von herannahenden Hufschlägen unterbrochen. Ihre Augen schossen auf und sie sah, dass der Palomino ihnen nachjagte. Wirklich erschreckend war, dass der Bereich um die Nüstern mit Blut befleckt war.

„Black", schrie Renee.

Er lehnte sich vor und gewann an Tempo, dennoch holte der Palomino auf. Die Stute erreichte Blacks Hinterbeine, streckte den Hals, die Zähne entblößt, eine raubtierartige Grausamkeit in ihrem Verhalten. Renee könnte schwören, dass in den Augen des Pferdes ein dämonisches Feuer glühte.

In diesem Moment packte Black ihre Schenkel, und es fühlte sich an, als würden seine Hinterbeine unter ihm wegrutschen. Unerwartet wechselte er die Richtung und stoppte.

Zu verängstigt, um zu schreien, krallte sich Renee einfach an ihm fest.

Da der Palomino nicht mit Blacks Ausweichmanöver gerechnet hatte, raste das Tier an ihnen vorbei. Nun versuchte es, auf dem ausgetrockneten Gras zum Stehen zu kommen. Black sah über seine Schulter. „Alles okay?"

Sie nickte, die Worte blieben ihr jedoch im Hals stecken.

„Schön wird das jetzt nicht werden. Was auch immer passiert, ich will, dass du so viel Abstand wie möglich zwischen dich und Lori bringst, verstanden?"

Renee beobachtete, wie die Stute mit einem Huf über den Boden scharrte. In Menschengestalt war Lori bereits furchterregend. Als Pferd schien sie regelrecht besessen. „Was ist los mit ihr?"

Black schüttelte den Kopf, tänzelte seitwärts, denn die Stute näherte sich auf bedrohliche Weise. Renee verwob die Finger vor seiner Brust, als er seinen Oberkörper so positionierte, dass er sie vor der wildgewordenen Stute abschirmte. Lori warf den Kopf zurück, ihre weiße Mähne wehte im Wind. Dann griff sie an und ihr entrang erneut dieser merkwürdige Quietschlaut.

Wie zuvor packte Black Renee an den Schenkeln und hob sich auf die Hinterbeine, um Lori mit den Vorderhufen einen Schlag zu versetzen.

Verzweifelt hielt sich Renee an ihm fest, schmiegte die Wange gegen seinen Rücken, ihr Herzschlag raste an ihren Atemzügen vorüber. Ihre Knie kämpften darum, nicht den Halt zu verlieren. Blacks Muskeln spannten sich immer wieder unter ihr an und sie merkte, dass sie langsam von ihm rutschte, obwohl er sie an den Schenkeln festhielt.

Die Stute zog sich etwas zurück und Black ließ sich auf alle viere runter. Kurzzeitig wurde Renee durchgeschüttelt. Anschließend nutzte sie die Verschnaufpause, um auf seinem Rücken wieder hochzurutschen.

Dann wirbelte die Stute blitzschnell herum und holte mit ihren Hinterbeinen aus.

Black wich nach rechts aus.

Tödliche Hufe schnitten durch die Luft, wo sich zuvor Renees Bein befunden hatte.

Plötzlich sprang Lori nach vorn, sodass Black ruckartig nach hinten ausweichen musste. Renee kämpfte mit ihrem Gleichgewicht. Black schien dies zu merken, denn er griff erneut nach hinten. Das nutzte Lori aus und attackierte ein weiteres Mal.

Dieses Mal biss Lori Renee in den Schenkel, direkt über ihrem Knie. Renee schrie vor Schmerzen. Und schon löste sich ihr Griff an Black. Sie flog durch die Luft und landete auf ihrer Schulter.

Eine Staubwolke erschwerte ihr das Atmen, als sie sich auf ihre Knie rollte. Lori und Black setzten ihren Kampf fort und der Boden bebte unter ihren Hufen. Black achtete darauf, immer zwischen Renee und Lori positioniert zu sein, doch die Stute ging unerbittlich vor, biss und trat um sich, bis Black von blutenden Wunden auf seiner nackten Brust und seinen Armen übersät war.

Der nächste Tritt traf Black an der Wange. Er taumelte, seine Hufe stolperten über den Boden. Lori löste sich von ihm, und Renee kam ein furchtbarer Gedanke. Bei dem Kampf ging es nicht um Herdenangelegenheiten. Es ging nicht um Lori und Black. *Er beschützt mich.*

Renee hüpfte los, versuchte, wegzukommen. Das Bein, an dem Lori sie erwischt hatte, bereitete ihr Probleme. Ihr linker Arm pochte von dem Fall. Sie stand keine Chance gegen Lori, aber sie konnte kämpfen. Sie ließ den Blick über den Boden schweifen und fand einen Stein in der Größe eines Tennisballs. So hart, wie sie konnte, warf sie ihn auf die herannahende Stute.

Der Palomino zuckte zurück, trat mit den Hinterbeinen, als würde das Tier auf diese Weise versuchen wollen, den Stein wegzukicken. In einer geschmeidigen Bewegung näherte sich Lori wieder Renee, das Weiß in ihren Augen glühte und sie boxte mit beiden Vorderhufen in die Luft.

Black warf sich Lori in den Weg. „Lauf, Renee!"

Renee wich nach hinten aus, als die Stute nach ihr schnappte. Black fing den Biss mit seinem Unterarm ab, schubste das wildgewordene Tier zurück. Seine Vorderhufe kollidierten mit der Brust des Palominos. Blut floss und färbte ihr helles Fell rot.

Renee suchte den Boden nach einem zweiten Stein ab. Auf keinen Fall würde sie Black dieser Schlampe ausliefern. Die dämliche Weide bot nicht viel Munition. Nirgends war ein Stein zu finden. Wenige Meter entfernt war eine Handvoll Pferde aufgetaucht. Neugierig beobachteten sie das Schauspiel, gelassen pendelten ihre Schweife. Waren das Gestaltwandler? Warum standen sie nur so rum und glotzten?

Black legte den Arm um die Kehle der Stute. Sein Oberarm spannte sich an, während sie beide um die Dominanz rangen. Lori bewerkstelligte einen Tritt gegen sein Hinterbein und er sank zu Boden, zerrte sie jedoch mit sich. Die Venen in ihrem Pferdehals traten hervor, als sie versuchte, sich von seinem Gewicht zu befreien.

Ein schokoladenbraunes Pferd warf wiehernd seinen Kopf zurück und verwies dann auf die Straße.

Auch die anderen schlugen Alarm und folgten dem Blick des ersten. Eine Sekunde später hörte Renee es ebenfalls. Es näherte sich ein Auto. *Oh Gott, der Immobilienmakler.* Sie hatte den Termin nicht abgesagt. *Verdammt.*

Ein kleiner, weißer Sedan fuhr um den Hügel und kam auf das Ranchhaus zu. Bei einer tief gelegenen Stelle in der Straße verschwand das Auto aus ihrem Blickfeld. Sie wusste aber, dass es schon bald wieder auftauchen würde, und dann würde der Fahrer den Kampf mit eigenen Augen sehen.

„Black!", schrie Renee. „Ein Auto! Es kommt ein Auto!"

Er drückte Lori auf den Boden und kniete sich mit beiden Vorderbeinen auf ihren Hals, seine Hände auf ihrem Kopf. Er hatte Renees Warnung nicht vernommen.

Sie musste das Auto stoppen. So schnell sie es in ihrem angeschlagenen Zustand schaffte, bewegte sie sich zum Zaun und quetschte sich durch zwei Bretter durch. Vielleicht konnte sie den Makler aufhalten, bevor er etwas sah, was er nicht sehen sollte. Sie musste seine Sicht blockieren. Ihn ablenken. Sie musste sich etwas einfallen lassen.

Nach wenigen Schritten gab ihr Knie nach. Mit beiden Händen landete sie auf dem Boden und der Aufprall schickte eine schmerzliche Empfindung in ihre Arme. Aufgeben war jedoch keine Option. Also stand sie auf und humpelte die Straße runter.

Der Fahrer erblickte sie und bremste. Durch die Windschutzscheibe sah sie, wie sich der Mund des jungen Mannes zu einem perfekten Kreis formte, sein Blick nicht auf Renee, sondern auf Lori und Black gerichtet. *Scheiße, scheiße, scheiße!* Sie erreichte die Autotür und der Immobilienmakler rollte das Fenster herunter. Seine Stimme bebte: „Ist alles in Ordnung?"

Renee schaute zu dem Kampf und stellte überrascht fest, dass sechs bis acht nackte Leute in einem Kreis um Black standen. In seiner Menschengestalt kniete er noch immer auf dem Hals der Stute. „Äh", sagte sie, denn sie hatte keine Ahnung, was sie auf die Frage antworten sollte. Dann kam ihr ein Gedanke. Sie rief sich die Anschuldigungen ihres Vaters in Erinnerung. Gruselige Rituale und Voodoo. Lächelnd lehnte sie sich dem Fenster entgegen. „Das ist eine spirituelle Zeremonie. Religiös. Alles ist prima."

„Oh.“ Der Makler räusperte sich, seine Augen fanden Renees blutende Hände. „Wie wäre es, wenn ich später wiederkomme?“

Renee schüttelte den Kopf und bedeckte die brennende Wunde auf ihrer Hand mit der anderen. „Ich habe meine Meinung geändert. Ich möchte nicht mehr verkaufen. Es tut mir leid, dass Sie den Weg auf sich genommen haben.“

Der Mann nickte, legte bereits den Rückwärtsgang ein. „Kein Problem. Wirklich. Ich bin … Sie sind … Ich wünsche noch einen schönen Tag.“

Sie erlaubte dem Mann, die Flucht vor der merkwürdigen Situation zu ergreifen. Auf dem gesamten Weg die Einfahrt runter schien er den Fuß nicht vom Gaspedal zu nehmen. Als das Fahrzeug hinter dem Hügel verschwunden war, richtete sie ihre Aufmerksamkeit wieder auf die Leute, die sich um Black aufgestellt hatten. Dies war ihre Ranch und sie hatte die Schnauze voll davon, herumgeschubst zu werden.

20

Völlig aus der Puste kniete Black mit seinem Gewicht auf Loris Halsschlagader. Renees Stimme erreichte ihn nur durch einen dämpfenden Schleier. Seine gesamte Aufmerksamkeit lag auf dem zuckenden Pferd unter ihm. Rechtzeitig hatte er sich in seine Menschengestalt verwandeln können, um nicht gesehen zu werden, aber ohne das Gewicht seines Zentauren würde Lori schon bald die Kontrolle an sich reißen. Wie befürchtet rollte sie herum, wodurch er seinen Griff verlor und entschied, sie loszulassen, um nicht von ihr zerquetscht zu werden.

Das Auto war noch nicht aus dem Sichtfeld, als Lori auf die Beine kam und sich ihre Augen voll blinder

Wut auf ihn richteten. Sofort stellte sie sich auf die Hinterbeine, ihre messerscharfen Hufe flogen durch die Luft. Obwohl sich Renee auf der anderen Seite des Zaunes befand, könnte Lori diese Entfernung in Windeseile überwinden.

Scheiß drauf, dachte Black. Es interessierte ihn nicht länger, ob er gesehen wurde. Auch war ihm egal, ob die Herde seine Verwandlung beobachtete. Seine Gefährtin war in Gefahr! Noch in seiner menschlichen Gestalt griff er an, bündelte die Wandlermagie, bevor sein Zentaur schließlich aus ihm herausbrach.

Als Zentaur erreichte er den Zaun zur gleichen Zeit wie Lori, die bereits zum Sprung ansetzte. Gerade noch rechtzeitig rammte er mit seinem vollen Gewicht in sie. Ihre Vorderbeine schafften es über den Zaun, doch ihre hinteren Läufe knallten gegen die Holzlatte. Zusammen mit dem zersplitterten Holz krachte sie auf die Kiesstraße und produzierte eine Staubwolke.

Renee hatte sich auf die andere Straßenseite zurückgezogen und stand mit dem Rücken gegen den gegenüberliegenden Zaun gepresst.

Black überwand den zerbrochenen Zaun, schoss an Lori vorbei und positionierte sich zwischen der Stute und seiner Gefährtin.

Lori wand sich auf dem Kies, bei ihrem hohen Quietschen schmerzten seine Zähne. Ein weißer Knochen brach aus ihrem rechten Hinterbein. Seine Instinkte als Tierarzt zeigten sich, doch er kämpfte gegen den Drang an, ihr zu helfen. Wenn es das war, was es brauchte, um Lori zu stoppen, dann war es eben so. Ein Bruch wie dieser würde sie wahrscheinlich für den Rest ihres Lebens verkrüppeln, da Schrauben und Metallplatten, die zum Reparieren genutzt wurden, für die Verwandlung hinderlich waren.

Der Rest der Herde, alle in ihrer Menschengestalt, duckten sich unter dem Zaun durch und näherten sich, ihre Augen sprangen von Black zu ihrer Leitstute und zurück.

Indessen konnte Black nur daran denken, Renee aus dem Gefahrenbereich herauszuholen, sie in Sicherheit zu bringen, auch wenn das bedeutete, als Zentaur durch die Stadt zu stolzieren. Neben Renee kniete er sich hin. „Kannst du reiten?"

Sie verschränkte die Arme. „Kann ich, werde ich aber nicht. Das hier ist meine Ranch und ich werde mich nicht verjagen lassen." Sie legte eine Hand auf seinen Widerrist, lief um ihn herum und wandte sich dann den herannahenden Wandlern zu. „Als die neue Besitzerin dieser Ranch berufe ich eine Versammlung ein."

Mit offenem Mund beobachtete Black seine Gefährtin, ein stolzes Lächeln zierte seine Lippen. Die Wandler stoppten, standen in einer Reihe hinter der Leitstute. Loris Quietschen verebbte und ihr goldener Körper schimmerte und schrumpfte zusammen, die Hufe formten sich zu Füßen und Händen, die Mähne verwandelte sich in einen zerwühlten, blonden Haarschopf. Der gebrochene Knochen ragte aus ihrem blutigen Schienbein, und ihr Gesicht war gezeichnet von Schmerz. Durch zusammengepresste Zähne schrie sie: „Dieser Mensch kann keine Versammlung einberufen!"

Weitere Wandler kamen herbei, noch immer in ihrer Pferdegestalt. Diejenigen, die bereits auf zwei Beinen standen, murmelten untereinander, während sich die Neuankömmlinge verwandelten. Das war ein gutes Zeichen. Zur Abwechslung gehorchten sie Lori nicht. Black drückte die Schultern durch. Was er nun tun musste, war beängstigender als der Moment, in dem er vor Renee zum ersten Mal seine Zentaurenform angenommen hatte. „Renee ist meine Gefährtin. Demnach verlange ich für sie den Schutz der Herde."

Dem Wort Gefährtin folgte ein aufkommendes Gemurmel. Black beobachtete Renee aus den Augenwinkeln, nicht sicher, wie ihre Reaktion bei dieser Information ausfallen würde. Mit weit aufgerissenen Augen starrte sie ihn an. Er hatte jedoch keine Zeit, sich auf sein Knie herunterzulassen und zu fragen, ob sie das Gleiche für ihn empfand.

Lori fletschte die Zähne. „Sie stellt eine Gefahr für die Herde dar!"

Renee stemmte die Hände in die Hüften. „Ich war es nicht, die einen Streit begonnen hat. Und ich würde es wirklich begrüßen, wenn mir mal jemand sagen könnte, was hier los ist." Sie sah zu Black. „Warum versucht sie, mich umzubringen?"

Bei seiner Antwort funkelte er Lori wütend an: „Der Schatz, der in dem Testament deines Großvaters Erwähnung findet, existiert tatsächlich."

„Ja, die Pferde, richtig?" Renee wies auf die Gestaltwandler um sie herum. „Ich nahm an, dass er damit auf die Herde der Gestaltwandler ansprach."

„Das denke ich auch." Angewidert sprach er weiter. „Lori jedoch hat im Canyon Gold entdeckt."

Renee blinzelte. „Wirklich? Ich bin … Nein, ich verstehe noch nicht ganz. Warum hat sie mich dann angegriffen?"

Blacks Blick landete auf Renees blutigem Hosenbein und sein Puls ging durch die Decke. Er verwandelte sich zurück und kniete sich neben ihr hin. „Lass mich das mal ansehen. Geht's dir gut?"

„Solange sie nicht Tollwut hat, wird es schon gehen." Renee schlug seine Hand weg. „Sag mir, warum sie mich umbringen wollte."

Black weigerte sich, ihr Bein loszulassen, und untersuchte ihre Wunde. Sollte sich Lori doch selbst verteidigen. „Würdest du gerne deine Pläne mit der Herde teilen, Lori?"

Die Blondine fauchte. Obwohl Lori auf keinen Fall auf einem gebrochenen Bein stehen und angreifen konnte, wichen einige Herdenmitglieder bei dem

Laut zurück. „Ihr könnt einem Menschen nicht vertrauen!"

Millie trat zwischen zwei Männern nach vorn und hob die Hand. Sie sagte nichts, stand einfach nur mit erhobener Hand da und wartete. Black verengte die Augen. Er wusste nicht, was er von ihrem plötzlichen Wagemut halten sollte. Jedoch sah sie nicht in Blacks Richtung. Ihr Blick lag auf Renee.

„Wie heißt du?", fragte Renee.

„Millie", krächzte die Frau.

„Ivy-Janes Mutter?" Renee sah zu Black, der sogleich nickte.

Befriedigt, zu sehen, dass Renees Wunde nicht kritisch war, erhob er sich und fragte: „Millie, was weißt du darüber?"

„Lori hat Toliman und Gloryanna ermordet." Sofort trat sie einen Schritt zurück, nahm Deckung hinter den beiden Männern, als erwartete sie, bestraft zu werden.

Kollektiv schnappten alle nach Luft. Lori warf einen wütenden Blick in Millies Richtung, sagte jedoch nichts.

Blacks Blut gefror in seinen Adern. *Ermordet?* Ihm stockte der Atem. Er hatte immer Fremdeinwirkung vermutet, aber von einem Mitglied der Herde? Seine arme Großmutter hatte es wahrscheinlich niemals kommen sehen. Durch seine zugeschnürte Kehle presste er heraus: „Warum?"

Lori knurrte. „*Ich* habe das Gold gefunden! *Ich* habe Toliman angefleht, das Erz testen zu lassen. Er wollte es nicht anrühren, während wir für ihn die Ranch am Laufen hielten. Ich hätte das Geld für die Herde benutzt. Dann hätten wir uns nie wieder um unsere Sicherheit sorgen müssen."

„Also hast du ihn getötet?" Renees Stimme kam eine Oktave höher über ihre Lippen. „Hast du wirklich gedacht, dass du ihn nur töten musst, um das Gold in deinen Besitz zu bringen?"

Ein teuflischer Blick zeigte sich in Loris Augen. „Frage deinen angeblichen Gefährten." Sie grinste. „Du musst dich nicht mehr verstellen, Black. Die Katze ist aus dem Sack."

Black warf Lori einen genervten Blick zu, seine Nasenlöcher blähten sich auf, sein Herz schlug gegen seine Rippen. Natürlich wollte sie das letzte Wort haben.

„Was will sie damit andeuten?“, fragte Renee.

Loris Stimme war in zuckersüßes Gift getränkt. „Black wollte dich davon überzeugen, ihn zu heiraten, Süße.“

Das volle Ausmaß dieser Beichte krachte gegen ihn. Er könnte Renee verlieren. Eine Gefährtin war ein seltenes Geschenk. Ein Geschenk, das nicht vielen Wandlern zuteilwurde. Er durfte sie aber nicht anlügen, selbst wenn er damit riskierte, sie zu verjagen. Renees Ausdruck sprach von Verrat, dennoch wagte er es, die Stimme zu erheben. „Als du zu uns gekommen bist, stimmte ich zu, dich zu heiraten. Im Gegenzug hat sie mir versprochen, dass ich meinen verdienten Platz in der Herde bekomme."

„Ja, also das hat sich erledigt", unterbrach ihn Lori. „Das weißt du hoffentlich."

Black ignorierte sie, seine Augen lagen einzig und allein auf Renee. Schweigend flehte er sie an, seine Beweggründe zu verstehen. „Der Plan beinhaltete zu keiner Zeit, dich zu verletzen. Nur, dich davon abzuhalten, die Ranch zu verkaufen. Und du bist so wunderschön, dass es mir eine große Freude war, dem Plan zuzustimmen. Doch dann hast du mich gesehen. Du hast mein … Monster gesehen." Es fiel ihm schwer, diese Worte auszusprechen, aber er wusste, dass er jetzt nicht stoppen durfte. „Und du hast mich akzeptiert."

„Du bist kein Monster", sagte Renee sanft.

Er knirschte mit den Zähnen, zwang sich, Renees vertrauensvollem Blick standzuhalten. *Ein Monster wie du verdient keine Gefährtin.* „Ich bin ein Monster. Ich habe Loris Plan, dir dein Erbe zu stehlen, zugestimmt. Ich denke, dass sie dich von Anfang an töten wollte, und ich habe mich geweigert, mir das einzugestehen."

„Aber du hast für mich gekämpft." Renee schüttelte den Kopf. „Und wir sind nicht verheiratet. Wie sollte also mein Tod dazu führen, dass Lori in den Besitz der Ranch kommt?"

„Sie wollte die Eheurkunde fälschen und die Ranch bei der Testamentsvorlesung für sich beanspruchen. Als ich das herausfand, habe ich mich geweigert, ihr weiterhin zu helfen." Der teuflische Plan machte Black krank. Er erwähnte nicht, dass Saul Loris Idee in Betracht gezogen hatte. Schließlich hatte sich sein Onkel Lori in den Weg geworfen und damit Black genug Zeit herausgespielt, um Renee zu packen und einen Fluchtversuch zu wagen. Black wusste nicht, was dazu geführt hatte, dass sein Onkel die Meinung geändert hatte. Nichtsdestotrotz war er unfassbar dankbar.

Lori kräuselte die Lippen. „Ich wollte nur das Beste für die Herde und am Ende war ich die Einzige, die den Mut hatte, zu tun, was getan werden musste."

Renees Lippen pressten sich zu einer flachen Linie zusammen, und trotz ihrer feenhaften Erscheinung schien sie drei Meter groß. „Das Beste? Du weißt doch überhaupt nicht, was das bedeutet!" Sie sah zu Black, in ihren Tiefen glühte ein schwarzes Feuer, bevor sie sich der Menge zuwandte. „Ich kenne die meisten von euch nicht, aber ich gehe davon aus, dass ihr gute Menschen seid." Sie zeigte auf Lori. „Diese Frau hat meinen Großvater und Blacks Großmutter ermordet – eure hoch geschätzte

Anführerin. Nach den Gesetzen der Herde – wie lautet dafür die Bestrafung?"

Zu Blacks Überraschung neigten die Wandler respektvoll ihre Köpfe. Er musste zugeben, dass die kommandierende Energie, die von Renee in Wellen abstrahlte, der von seiner Großmutter ähnelte. *Großmutter.* Lori hatte sie getötet. Seine Beine bebten, als er den Verlust erneut durchlebte.

Ein Junggeselle erhob das Wort: „Verbannung ist üblich."

„Verbannung?" Renee drückte die Schultern durch und verschränkte die Arme vor der Brust. „Damit sie sich eine neue Herde zum Terrorisieren suchen kann? Nein, das gefällt mir nicht."

Black wollte Lori am nächsten Baum aufknüpfen, aber das wäre zu gut für sie. Sie hatte zwei Menschen getötet, hatte die Herde terrorisiert und versucht, seine Gefährtin umzubringen. Er wollte eine Bestrafung, bei der sie leiden musste. Sein Blick fiel auf ihr gebrochenes Bein und er erkannte, dass sie sich bereits selbst bestraft hatte. „Ihre Tage mit der Herde haben sich erledigt."

Lori erblasste. Auch sie sah auf ihr Bein, als bemerkte sie erst jetzt, dass es gebrochen war.

„Sprichst du ihr Bein an?", fragte Renee. „Kann sie sich nicht operieren lassen?"

„Könnte sie." Black kniete sich neben Lori, sein heilender Instinkt brach durch seine Wut. Aus der Nähe sah der Bruch viel schlimmer aus. „Die Schrauben, Metallplatten und ähnliche Dinge, die nötig sind, um es zu richten, würden eine Verwandlung unmöglich machen. Wenn sie es doch wagen würde, wären ihre Verletzungen danach noch schwerer. Ohne eine OP wäre sie allerdings für immer verkrüppelt. In beiden Formen." Blacks Blick lastete weiterhin auf Lori. Er versuchte, Befriedigung darin zu finden, dass die Verletzung schwerwiegend war, trotz alledem … es war nicht genug. Es musste aber reichen.

Renees Augen füllten sich mit Tränen, ihr Ausdruck verriet jedoch, dass sie kein Mitleid empfand, sondern Wut. „Ich weiß nicht, ob das reicht. Hier geht es allerdings nicht nur um mich." Sie sprach mit derselben Autorität, die sie auch bei der Frage um die Bestrafung an den Tag gelegt hatte. Sie ließ den Blick über die Anwesenden schweifen, sodass selbst Black die Menge aufmerksamer betrachtete. Junggesellen, Ältere, Mütter, Jugendliche. Seine Herde. Nach einer Weile sagte sie: „Auch ihr habt jemanden verloren. Und wie es aussieht, müsst ihr eine Wahl treffen. Soll sie operiert werden oder nicht? Wie lautet die Entscheidung der Herde?"

„Wartet!", flehte Lori die anwesenden Wandler an. „Mein Plan kann noch funktionieren. Nur wir sind hier. Gebt mir ein Zeichen und ich –"

Ein Junggeselle lief an Lori vorbei, ohne sie eines Blickes zu würdigen, und legte sanft eine Hand auf Renees Schulter. Dann wandte er sich den Anwesenden zu. Ein grauhaariger älterer Mann näherte sich und nahm Renees Hand in seine. Mit der Zeit wurden Black und Renee von der Herde umzingelt, und sie strahlten eine Akzeptanz aus, wie es nur eine Herde konnte.

Stolz blühte in Black auf. Sie akzeptierten seine Gefährtin. Nicht mal der alte Toliman hatte diese Art von Akzeptanz erfahren. Sicher, er wurde respektiert und die Herde hatte ihn gemocht, aber er galt immer als Außenseiter. Ein Wohltäter, aber kein Ebenbürtiger. Renee war nun beides.

Eine ältere Frau erhob das Wort: „Sie verdient keine Pferdeform! Ich sage OP!"

„Bringt sie in ein Krankenhaus der Menschen!"

„Sie bekommt Schrauben!"

„Das könnt ihr nicht tun!" Lori schrie, als zwei der Junggesellen vortraten und sie an den Armen packten. „Sie werden mich ohne meine Zustimmung nicht operieren!"

Einer der Männer schüttelte den Kopf. „Es wird keine Probleme geben, wenn du bewusstlos ankommst."

Sie verzog das Gesicht zu einer Grimasse. „Ich bin eure Leitstute! Ich habe doch nur versucht, euch zu beschützen!"

Die Männer zerrten eine kreischende Lori von der Weide. Sie würden sich um sie kümmern und Black war erleichtert, dass er nun durchatmen konnte. Die meisten Wandler folgten in ihrer Menschengestalt. Andere verwandelten sich wieder zu Pferden und gingen auf die Weide zurück.

Indessen hatte Black nur Augen für Renee. Er streichelte über ihre Haare, vermisste noch immer das gewohnte Gefühl seines Cowboyhutes. „Wie geht's deinem Bein? Ich kann dich nachhause bringen, wenn es dir nichts ausmacht, mich ohne Sattel zu reiten."

Durch ihre Wimpern sah sie zu ihm. „Dich zu reiten, klingt stets verführerisch.“

Er gluckste und freute sich, dass sie wieder seine charmante kleine Fee war. Neben ihr kniete er sich hin und half ihr, sich mit ihrem verletzten Bein auf seinen Rücken zu hieven. Erst dann stand er auf. Ihre warme Vorderseite presste sich gegen seinen Rücken und ihre Schenkel lagen an seinem Widerrist. Ihre Nähe war auf eine Weise besänftigend, die er niemals von einem Reiter erwartet hatte. Gestaltwandler sprachen immer davon, wie demütigend es war, von einem Menschen geritten zu werden. Er jedoch mochte es, wie nah sie ihm war. Sie schlang die Arme um ihn und schmiegte ihre Wange mit einem zufriedenen Seufzer an seine Schulter, ihr Atem wehte über seine nackte Haut.

Auf dem Weg zum Haus fiel er in einen Trab. Ihre Knie pressten sich fester gegen seine Flanken. „Ich will den Wind auf meinem Gesicht fühlen. Kannst du schneller laufen?“

Sein Blut erhitzte sich bei ihrer Frage. „Bist du dir sicher?“

Er fühlte sie an seinem Rücken nicken. „Oh ja, denn so liebe ich dich.“

Und schon galoppierte er los. Renee krallte sich an ihm fest, ihr Körper bewegte sich im Rhythmus mit seinem, was an die Intimität von Liebe machen erinnerte.

An Lori ritten sie vorbei, die ihnen Obszönitäten hinterherwarf, aber Black stoppte nicht. Renee brüllte hocherfreut: „Schneller!“

„Nicht loslassen!“, erwiderte er brüllend.

„Niemals!“

Er lenkte nach links, rannte um den Zaun und beschleunigte. Ihre Schenkel pressten sich an seine Flanken, ihr Atem heiß an seiner Schulter. Noch nie hatte er sich so frei gefühlt. So lebendig. Er konnte einen Freudenschrei nicht zurückhalten und dann hörte er ihr gelöstes Lachen. In einem großen Bogen lief er zum Haus. Nichts in der Welt konnte ihm diesen Moment nehmen, dieses Gefühl, zu jemandem zu gehören. Ein Gefühl, das er für immer hegen und pflegen wollte.

Renee erkundete mit den Fingern Blacks Brust und glitt mit den Lippen über die Kurve seiner Schulter, als er über die dunkle Weide trabte. Heuschrecken spielten ihre Abendständchen hinter den Felsen, wo sie ihr erstes Mal erlebt hatten. Sie erfreute sich an seinem süßen Heuduft und an den Weiten dieses Landes.

Ihr Land. Ihre Ranch. Der Gedanke war noch immer so neu, dass sie manchmal des Nachts aufwachte und glaubte, die ganze Sache nur geträumt zu haben. Seit einer Woche war sie hier und beaufsichtigte alles vom täglichen Ausmisten bis zu den geheimen Treffen der Gestaltwandler unter dem Mitternachtsmond. So viele der wahnhaften Vorstellungen ihres Vaters ergaben endlich einen

Sinn. Vielleicht sollte sie ihn kontaktieren, nun, da sie sich niederließ …

Black griff nach hinten und streichelte ihr Bein. „Alles okay?"

Immer schien er genau zu wissen, was ihr durch den Kopf ging. Sie begriff nicht, wie er sie nach so kurzer Zeit bereits auf dieser Ebene verstand. Sie wusste nur, dass sie glücklich war. Sie fühlte sich komplett.

Sie rieb ihre Wange an seinem Rücken und antwortete: „Alles gut." Was auch immer mit ihr los war, sie wusste noch nicht genau, wie sie es ihm erklären sollte.

Das schien er zu ahnen und anstatt sie unter Druck zu setzen, lief er schweigend weiter, seine Hufe polterten über den Boden, imitierten einen Herzschlag. Renee erkannte, dass ihre aufwühlenden Gefühle nichts mit ihrem Vater, ihrer Mutter oder ihrem Großvater zu tun hatten. Über was sie reden sollte, befand sich auf dieser Ranch. Unter ihr. *Gefährte.* Zwar hatte er der Herde davon berichtet, mit ihr jedoch hatte er nicht darüber gesprochen. Als wüsste er genau, dass der Gedanke sie mehr verängstigte als die lebensgefährlichen Aktionen mit Steph.

Mittlerweile war sie aber bereit, zu springen.

Tief atmete sie ein und schlang die Arme fester um Blacks Oberkörper. „Willst du mich heiraten? So richtig? In echt?"

Kitschig, sicher, aber es war zu spät, die Frage zurückzunehmen.

Black kam zu einem Halt und drehte den Kopf, um ihr in die Augen zu blicken, ein schiefes Grinsen auf seinen Lippen. „Meinst du das ernst?"

Sie grinste schelmisch. Er kannte sie so gut. „Verführung liegt mir nicht, also dachte ich, dass ich gleich zum Punkt komme. Ich meine, schließlich hast du mich deine Gefährtin genannt."

Entschlossen sah er sie an. Mit einer geschmeidigen Bewegung hob er sie von seinem Rücken und stellte sie auf die Füße, bevor er sich in seine Menschengestalt verwandelte. „Du bist meine Gefährtin, Renee. Ich liebe dich. Abgesehen von mir und dem Versprechen, dass ich dich bis in alle Ewigkeit beschützen und wertschätzen werde, habe ich dir nichts zu bieten. Wenn du dennoch meine Braut sein möchtest, dann gehöre ich dir, bis ich meinen letzten Atemzug nehme."

Renee ging einen Schritt auf ihn zu. „Ich weiß nicht, wie du es angestellt hast, aber du hast mich verändert." Sie schluckte schwer. „Ich liebe dich, Black."

Er sah ihr in die Augen. „Du hast mich auch verändert."

Eine Hand legte er auf ihren Nacken, während er mit der anderen ihre Wange umfing. Dann küsste er sie. Hinter seinem Rücken verwob sie die Finger und presste ihren Herzschlag gegen seinen. Endlich hatte sie einen Nervenkitzel entdeckt, für den sie sogar sterben würde. Der einzige Nervenkitzel, den sie für den Rest ihres Lebens wiederholen wollte.

Lieber Leser,

Ich hoffe, Du hast es genossen, mit Renee Montana zu erkunden! Man weiß nie, wo man einem Gestaltwandler begegnet. ;) Hast Du Interesse an mehr paranormalen Romances? Wie wäre es dann mit meiner demnächst erscheinenden Alaska Alphas-Reihe?

Allein in der Wildnis von Alaska rettet ein Pumawandler eine Hexe, die nach Katzenminze duftet und seine Tiergestalt zum Schnurren animiert …

Buch eins, Adrians Gefährtin, erscheint demnächst! Wische für eine Leseprobe zur nächsten Seite!

XOXO,

Tamsin

ADRIANS GEFÄHRTIN
(ALASKA ALPHAS, BUCH 1)

LESEPROBE

Adrian hockte auf einer Pappel, seine Krallen gruben sich in die Rinde, sein Blick auf den toten Elch auf der Lichtung gerichtet. Seit Stunden wartete er bereits in seiner Pumagestalt. Er wollte den nächsten Schritt machen, musste jedoch sichergehen, dass die Überreste verlassen lagen, bevor er sich für eine genauere Inspektion näherte. Mehrere Leute hatten ihm von zurückgelassenen Kadavern berichtet, und sein Vorgesetzter in der Rangerstation wollte, dass der Verantwortliche dafür zur Rechenschaft gezogen wurde.

Überall im Wrangell-St.-Elias-Nationalpark hatte er Kadaver gefunden. Diese Funde hatten bereits einige Zeit dort gelegen, bevor Adrian sie entdeckt hatte, sodass er keine Beweise mehr sichern konnte. Dieser Fund schien noch frisch, der Gestank dennoch intensiv, Fliegen schwirrten über dem Fell des Tieres und um das samtweiche Geweih. Wenn der Mörder ein Mensch war, hatten sie das Tier nicht für die Trophäe getötet. Auch nicht für das Fleisch. Jemand oder etwas tötete aus Spaß, und langsam näherten sie sich dem Lebensraum der Menschen.

Adrians Pumaschwanz zuckte wutentbrannt und er entließ ein resigniertes Grunzen, bevor er geschmeidig vom Baum sprang. Je näher er kam, desto schlimmer war der Gestank. Die Fliegen formten eine Wolke über dem Kadaver, Wunden kamen zum Vorschein, in denen sich zappelnde Maden wie zuhause fühlten.

Er umkreiste den Elch und schätzte, dass das Tier bereits um die vierundzwanzig Stunden tot war. Pfotenabdrücke, beinahe doppelt so groß wie seine, waren um den Kadaver zu finden. Er senkte seine Schnauze und schnüffelte, wedelte mit dem Schwanz. Der bekannte Moschusgeruch eines Grizzlys füllte seine Nase. Ein Werbär. Missmutig fauchte er. Das Letzte, was die Gestaltwandler-gemeinschaft brauchte, war ein abtrünniges

Mitglied, das Aufmerksamkeit auf den Nationalpark zog. Randall, Adrians Wolfvorgesetzter, würde das nicht gefallen.

Fuck, auch Adrians Begeisterung hielt sich in Grenzen. Pumas waren in Alaska keine Seltenheit. Dennoch löste es Unruhen aus, wenn er von einem Menschen gesichtet wurde. Die weitläufige Wildnis des Parks war seine Zuflucht, sein Revier – ging es nach seinem Puma. Die ansässigen Grizzlywandler würden sich selbst um einen wildgewordenen Bären kümmern wollen.

Adrian entblößte seine Fangzähne und drehte sich um, lief durch das Unterholz zurück zur Rangerhütte, um seinen Vorgesetzten in Kenntnis zu setzen.

Noch im Schutz des Waldes verwandelte er sich und zog seine Uniform aus einem hohlen Baumstamm. Bevor er die Lichtung betrat, warf er sich die Kleidung über. Seine bescheidene Blockhütte stand direkt neben einer von vielen Felsformationen, das Dach war von Moos bedeckt und die kleine Veranda umgeben von einem Moskitonetz. Einer der beliebtesten Wanderpfade begann nicht weit von ihm und eine Tafel mit Bemerkungen anderer

Camper flatterte am Ende seiner überwucherten Einfahrt im Wind.

In der Zwei-Raum-Hütte warf die Sonne, die durch die wenigen Fenster trat, ihr Licht auf das spärlich eingerichtete Wohnzimmer. Er durchquerte den kleinen Eingangsbereich mit einem Tisch, einem Propankühlschrank, einem Holzofen und einem alten Sofa. Im Schlafzimmer stand ein großes Bett, das so ziemlich den gesamten Platz für sich beanspruchte. Vom Nachttischschränkchen nahm er sein Handy und marschierte dann zu dieser einen bestimmten Ecke in der Hütte, in der er Empfang hatte. Für den Notfall bewahrte er ein Funkgerät in der Scheune auf. Jedoch wäre es nicht klug, mit Randall bei dem Thema über Funk zu sprechen. Gott sei Dank zeigte das Handy zwei Balken. Er wählte die Nummer des Rangerbüros.

„Hier ist das Hauptquartier", antwortete eine Frau in einem nasalen Ton.

„Cherry, Adrian hier. Ich muss mit Randall sprechen."

„Oh, hi, Hübscher!" Ihre Stimme erhellte sich. „Wir haben lange nichts von dir gehört. Wie geht's dir?"

Adrian knirschte mit den Zähnen und musste sich daran erinnern, höflich zu bleiben. Cherry war ein Mensch. „Alles gut."

Er hasste diesen Austausch von Nettigkeiten, weshalb er sich überhaupt erst für eine Laufbahn als Ranger entschieden hatte. Dieser abgelegene Ort war perfekt für ihn und er ging nur in die Stadt, wenn er Vorräte brauchte. Die meisten Aufgaben erlaubten es ihm, allein seine Runden zu drehen, bei denen er hin und wieder mit Wanderern ins Gespräch kam und Probleme weitergab. Mehrere Male im Jahr begab er sich auf die Suche nach einer vermissten Person, noch bevor ein Rettungsteam auf dem Berg erschien.

„Wie läuft es mit dem Informationsmaterial?", trällerte Cherry.

Er sah zu dem Haufen neben der Tür, auf dem sich der Staub ansammelte. Eigentlich hätte er die Flugblätter an Touristen verteilen sollen, da er Menschen aber mied, hatte er nur wenige an den Mann gebracht. „Auch gut. Ich muss mit Randall sprechen."

„Natürlich."

Es klickte und ein paar Sekunden später meldete sich sein Vorgesetzter am Telefon: „Adrian, was ist los?"

„Ich habe einen Anhaltspunkt. Gestern habe ich einen zurückgelassenen Elch entdeckt. Überall um den Kadaver fand ich frische Grizzlyspuren. Es roch nach Gestaltwandler."

„Scheiße. Sag mir bitte nicht, dass die Infizierten in unser Revier eingedrungen sind."

„Infizierte?"

„Die wildgewordenen Abtrünnigen." Der Laut von über Bartstoppeln kratzenden Fingern war in der Leitung zu hören. „Zwei infizierte Wölfe und ein Elch mussten im Winter in Anchorage ausgeschaltet werden, dann ein Schwarzbär in der Nähe von Valdez im Frühling. Der Rat hat vor einiger Zeit eine Warnung rausgeschickt. Liest du deine E-Mails nicht, Adrian?"

Adrian sah zu dem staubigen Laptop auf dem Nachttisch. „Schließlich habe ich hier draußen kein WLAN, Randall. Wenn ich das nächste Mal in die Stadt fahre, schaue ich in mein Postfach."

Randall entließ einen frustrierten Laut. „Also wenn ein Wandler hinter den Kadavern steckt, dann ist es wohl ein Abtrünniger. Nimm dein Gewehr mit."

„Ich bin ein Ranger, kein Soldat."

„Das ist dein Revier. Ich will, dass du die Sache regelst. Es könnten Wanderer in Gefahr sein."

„Fuck." Adrian verzog das Gesicht. „Was, wenn er sich verwandelt, bevor er stirbt?" Es war eine Sache für einen Ranger, einen gefährlichen Bären zu töten. Es war etwas ganz anderes, wenn ein toter Mensch mit der Kugel eines Rangers auftauchte. Zumal ein Puma in einem Kampf mit einem Grizzly keine Chance hatte, schon gar nicht mit einem Wandler, der seinen Verstand verloren hatte.

„Der erste Schuss sollte sitzen."

„Was für ein Scheiß …" Nachdem er aufgelegt hatte, schob Adrian das Handy in seine Hosentasche und schnappte sich sein Gewehr. Er verließ die Hütte. Jetzt sollte er sich auf die Pfade wagen, solange es noch relativ warm war.

Er warf sich auf seinen Quad, schaltete es an und sofort stieg eine Rauchwolke auf. Das verdammte Ding nahm ihm die Fähigkeit, zu riechen und zu hören. Der Puma sträubte sich. *Ich weiß, mir geht's genauso.* In seiner Tiergestalt konnte er die Waffe jedoch nicht transportieren.

Mit der Waffe in einem Behälter auf der Vorderseite des Quads rollte er von der Lichtung und machte sich auf den Weg zum Ausgangspunkt für Wanderer.

2

arcy stoppte ihren Subaru und beäugte den überwucherten Pfad. Laut Google sollte diese Schotterstraße zu dem Ausgangspunkt für die Wanderwege führen. Jedoch machte es den Anschein, dass sie bei einer Weiterfahrt ihr Ende finden würde. Ihr Allradantrieb hatte den holprigen Weg gemeistert, aber es wurde schmaler und schmaler, Äste kratzten gegen ihr Auto. *Bin ich falsch abgebogen?*

Sie sah in den Rückspiegel. Vor nicht allzu langer Zeit hatte es eine Stelle zum Wenden gegeben. Sie schaltete in den Rückwärtsgang, manövrierte vorsichtig durch das Unterholz und landete schließlich auf einer Lichtung, die perfekt zum Zelten wäre.

Der Himmel über ihr war kaum durch das Blätterdach zu erkennen. Seit sie auf die Schotterstraße eingebogen war, hatte sie keine Menschenseele mehr gesehen. Sie rollte ihr Fenster herunter und atmete die frische Waldluft ein. *Wenn sie schon mal hier war, konnte sie auch beginnen.*

Ihr Vorstellungsgespräch mit dem Hexenzirkel fand übermorgen statt, und sie war in den Wald gefahren, um Kräuter für einen Zaubertrank zu suchen, mit dem sie an Redegewandtheit gewinnen sollte. Ihre letzte Chance, damit sie ihr Stottern überwand, das bisher jeden Zauber ruiniert hatte. Ihre arme Tante Willow hatte von einer Lektion noch immer die weiße Haarsträhne hinter ihrem Ohr. Darcy hatte den Trank für Redegewandtheit in einem Zauberladen kaufen wollen. Wie es schien, zeigte der Zauber jedoch nur seine Wirkung, wenn die Person den Trank selbst zubereitete. Langanhaltend war der Zauber nicht, aber das musste er auch nicht. Er sollte nur dafür sorgen, dass sie für eine Weile akzeptabel in Beschwörungen war, beständig genug, um die Chance auf eine Ausbildung im Hexenzirkel an Land zu ziehen.

Sie stellte den Motor ab und nahm das Exemplar von *Wild- und Heilkräuter im Pazifischen Nordwesten*.

In Gärten kannte sie sich besser aus als in der Wildnis. Da ihre Mutter sie als Kind jedes Jahr ins Sommercamp geschickt hatte, bereitete ihr der Wald jedoch keine Angst.

Sie nahm ihr Handy und öffnete die GPS-App, sicherte ihren Standort, sodass sie wieder zurückfand. Anschließend legte sie das Buch und ihr Handy in eine wiederverwendbare Einkaufstüte, zusammen mit einer kleinen Schaufel, violett-gelben Gartenhandschuhen und einem Regenponcho. Sie stieg aus dem Auto und sah sich um. Sie entdeckte eine überwucherte Feuerstelle, gekennzeichnet durch kreisförmig positionierte Steine. Die Baumstämme, die als Sitzmöglichkeit herhalten sollten, waren lange nicht in Benutzung gewesen. Stattdessen hatten sich auf der Lichtung überall kniehohe Büsche ausgebreitet.

Sie schloss ihr Auto ab, obwohl sie bezweifelte, dass das hier draußen notwendig war, und lief zu einem Bereich, der auf einen Pfad den Berg hoch andeutete. Ihrem Buch zufolge wuchs wilde Rosenwurz in hochgelegenen Regionen an Felshängen.

An Bäumen vorbei begutachtete sie ihre Umgebung, auf der Suche nach den fleischigen

Rosenwurzblättern. Eine dicke Schicht aus Blättern und Ästen knackte und knisterte unter ihren Füßen, über ihr sangen die Vögel und in der Ferne hörte sie einen Specht. Sie entließ einen zufriedenen Seufzer, strich mit den Fingern über den grauen Baumstamm einer Amerikanischen Zitterpappel.

Dichtes Gebüsch mit wilden Himbeeren bevölkerte den Pfad und sie nahm sich eine Handvoll, genoss den Geschmack auf ihrer Zunge. Ein Moskito summte neben ihrem Ohr und sie griff auf der Suche nach ihrem hausgemachten Insektenspray in ihre Tasche. Noch war sie nicht besonders gut mit Zaubertränken, aber sie zeigte ein Talent für ätherische Öle. Ihre Minz-Zitronen-Mischung wirkte nicht nur wahre Wunder, sondern roch auch himmlisch. Nachdem sie sich damit besprüht hatte, packte sie das Spray wieder weg.

Der Pfad wurde steiler. Ihre Waden brannten. Nach einer Weile erreichte sie eine Kurve. Zu ihrer Rechten verlief der Weg an einer Felswand entlang und den Abhang runter entdeckte sie eine Ansammlung aus rosettenförmigen Blättern. Rosenwurz? Sie trat näher an den Abhang, um einen besseren Blick darauf werfen zu können.

Die Erde unter ihren Füßen gab nach. Zu überrascht, um zu schreien, fiel sie auf den Hintern und rutschte den Abhang hinunter, bis sie in einer aufgewühlten Wolke aus Dreck zum Erliegen kam.

Fassungslos erhob sie sich und schob sich ihre rotblonden Haare aus dem Gesicht. Abgesehen von ein paar Kratzern und einem rasenden Herzschlag war sie nicht verletzt. Neben ihr entdeckte sie zwischen Felsen schuppige Rosettenblätter. Inmitten der Dreckwolke bemerkte sie, wie extrem der Minz-Zitronen-Duft plötzlich war. Aus der Tasche zog sie die zerbrochene Flasche und rümpfte die Nase. Ölige Flüssigkeit hatte sich ausgebreitet. Sie wischte ihr Handy und das Buch an ihrem Hosenbein ab. Zumindest müsste sie sich nun keine Sorgen um Insekten machen.

Hinter ihr zeigte der Abhang deutlich, wo sie nach unten gerutscht war. Es war ein Wunder, dass sie sich nicht verletzt hatte. Sie blickte zu beiden Seiten, fand jedoch keine Stelle, an der sie einen Aufstieg wagen könnte.

„Fuck", murmelte sie. Ihr Stottern zeigte sich niemals bei Kraftausdrücken.

Sie wandte sich wieder der Rosenwurz zu. *Ich sollte den Moment nutzen.* Sie zog ihr Buch heraus, um sicherzustellen, dass es auch die richtige Pflanze war. Dann zog sie ihre Gartenhandschuhe hervor und buddelte mit den Fingern, um die Wurzel freizulegen. Die Pflanze schien direkt aus einem Felsspalt zu wachsen. Hätte sie Kräuter aus dem Laden benutzen können, hätte sie das getan. Für diesen Zaubertrank jedoch musste die Wurzel innerhalb von zweiundsiebzig Stunden nach einem Vollmond geerntet werden.

Sie nahm die Schaufel zur Hand, stemmte das Werkzeug in den Spalt und versuchte, ihn zu vergrößern. Ohne Erfolg, denn sie rutschte immer wieder ab. Sie veränderte den Winkel, doch die Natur weigerte sich, die Pflanze freizugeben. Sie stand auf und blickte frustriert gen Himmel. Es sah nach Regen aus.

Als würden die Götter sie auslachen, landete ein Tropfen direkt auf ihrer Stirn. *Großartig.*

Mit der Rückhand wischte sie die Nässe weg und wagte sich dann an eine andere Pflanze. Hier schaffte sie es nur, sich einen Nagel abzubrechen. „Ich brauche diese verdammte Wurzel", knurrte sie.

Warum gestaltete sich diese Aktion als so schwierig? Ihre Schaufel sorgte bei den Steinen nicht für genug Hebelkraft. Sie müsste mit einer ausgewachsenen Schaufel zurückkommen und es erneut versuchen. Zumindest wusste sie, wo die Rosenwurz zu finden war.

Sie packte die Handschuhe und die Schaufel in ihre Tasche, zog ihr Handy raus und speicherte auch diesen Standort in ihrer App.

Kein Empfang.

Sie hob das Gerät über ihren Kopf und lief auf der Suche nach einem Signal ein paar Schritte in beide Richtungen. Die App reagierte nicht. War es die Felswand, die das Signal blockierte? *Gott, was für ein Tag.*

Solange sie sich nicht zu weit von der Felswand entfernte, müsste sie sich nicht sorgen, im Kreis zu rennen. Irgendwann würde sie schon Empfang haben. Oder eine Stelle finden, die einfach zu erklimmen wäre, um wieder auf den Pfad zu gelangen.

Mit dem Handy in der Hand lief sie entlang der Felswand.

3

Adrian bremste mit seinem Quad neben einem blauen Sedan Forester und stellte den Motor ab. Was machte ein Auto so weit entfernt von der Hauptstraße? Er stieg ab und umkreiste das Fahrzeug. Ausgehend von den Reifenspuren stand es erst seit ein paar Stunden hier. Er entdeckte Fußspuren – nach der Größe zu urteilen von einer Frau –, die direkt zu dem Pfad führten, an dessen Ende er den Elch gefunden hatte. Er musste sich beeilen, um sie zu finden, bevor sie die Stelle erreichte.

Er hob sich das Gewehr auf die Schulter und lief los, sehnte sich danach, sich in seinen Puma zu verwandeln. Wo der Pfad eine Kurve machte, sah er gelockerte Erde am Hang. Vorsichtig näherte er sich und sah über die Kante. Der Erdrutsch war nicht natürlichen Ursprungs gewesen. Er sah aber keinen Körper. „Hallo, ist dort unten jemand?"

Nur der Wind, der das Laub zum Rascheln brachte, antwortete ihm.

Er hob die Nase und versuchte, herauszufinden, ob die Frau noch in der Nähe war. Ein köstlicher Duft wehte zu ihm, maskierte alle anderen Gerüche und sein Puma reagierte. *Katzenminze?* Merkwürdig.

Da die Fußspuren an dieser Stelle endeten, blieb ihm nur eine Möglichkeit: Er musste der Sache nachgehen. Vorsichtig rutschte er den Abhang hinunter. Als Puma wäre der Abstieg einfacher gewesen, aber sich einem ängstlichen Wanderer als Raubtier zu nähern war niemals eine gute Idee. Vor allem nicht, da ein Puma in dieser Gegend nicht die Norm war.

Unten angekommen nahm er den Geruch nach Katzenminze verstärkt wahr und sein Puma wollte spielen. Er musste das Bedürfnis unterdrücken, sich die Klamotten vom Leib zu reißen und sich auf den Rücken zu werfen. Stattdessen ging er entschlossen vor, konzentrierte sich auf sein Ziel und fand im Dreck die Fußabdrücke der Frau.

Loser Sand, die Steine und die Felsen erschwerten ihm den Fortschritt, aber der Pfad nach Katzenminze trieb ihn an, obgleich die Abdrücke nicht deutlich zu erkennen waren. Bei einem großen Baum entdeckte er geknickte Äste, als hätte sie versucht, an dem Stamm hochzuklettern.

Der Katzenminzegeruch war nun ausgeprägter, genau wie der einzigartige Duft nach Frau. Blumig, mit einem Hauch von schwarzem Tee. Er erinnerte Adrian an seine Kindheit mit seiner Mutter. Bevor sich sein Puma gezeigt, bevor sein Rudel ihn zurückgewiesen hatte. Ein Puma hatte unter Wölfen nichts zu suchen. Was er war, wurde als Spott bezeichnet – Nachwuchs mit unerwarteten Merkmalen, vererbt von einem längst verstorbenen Vorfahren.

Der weibliche Duft an dieser Stelle hatte Auswirkung auf ihn. Sein Schritt fühlte sich plötzlich beengt an. *Gefährtin*, schnurrte der Puma. Adrians Hoden stimmte zu, doch sein Kopf wusste es besser. Die Katzenminze täuschte ihm etwas vor. Zwar schätzte er Menschenfrauen, noch nie aber hatte er eine kennengelernt, die er für sich beanspruchen wollte. Ohne sie jemals gesehen zu haben, wollte er diese Frau für die Ewigkeit.

Und der erregende Duft war kraftvoll, trieb ihn auf eine Weise vorwärts, wie es nicht mal sein Bedürfnis, einen unschuldigen Wanderer zu beschützen, schaffen würde.

Nicht weit vor ihm sah er einen weißen Baumstamm mit tiefen Furchen. *Krallen.* Eine frische Bärenmarkierung. Adrians Nasenflügel blähten sich auf, seine Sinne waren von dem verführerischen Duft einer Frau und der Katzenminze eingeschränkt. Der Grizzlywandler war hier gewesen und hatte seine Markierung hinterlassen. Etwas an seinem Geruch verwirrte Adrian. Zu süß legte er sich wie Pech auf seine Lunge und Adrian würgte. Er dachte an Randalls Warnung über die Infizierten.

Mit der Zunge strich er über seine länger werdenden Fangzähne. Gleichzeitig nahm er die Waffe von der Schulter und entsicherte sie. Die Frau war in Gefahr. *Meine Frau,* grummelte sein Puma. Adrian konnte sich dem Instinkt nicht erwehren. Im nächsten Moment rannte er los ...

~~~

Abonniere meinen Newsletter, um so schnell wie möglich
~~~

von Neuerscheinungen zu erfahren! Als kleines Dankeschön werde ich dir ein kostenfreies Bild zum Ausmalen schicken!

HIER ABONNIEREN >>>

http://join.tamsinley.com/newsletter_abonnieren

bescheidenes Talent dafür besitze, genieße ich es, zu häkeln.